The Testament of Mary

Colm Tóibín

马利亚的自白

[爱尔兰]科尔姆·托宾 著

张芸 译

上海译文出版社

献给洛克林·迪根和丹尼斯·卢比

译者说明

本书为虚构作品,其中引用自《圣经》的句子主要为人物对话,考虑到阅读上的呼应,翻译时直接采用了和合本、和合本修订版《圣经》的译文。

如今他们来得更频繁了，他们俩，每一次来，都似乎对我、对这个世界，显得益发不耐烦。他们的体内有着某种饥渴和粗野，他们的血液里沸腾着一股野蛮的兽性，我以前见过，现在亦能嗅到，像一头正在遭受追捕的动物所能嗅到的一样。可如今我没有受到追捕。不再受到追捕。我受到照顾，受到委婉的盘问和监视。他们以为我不懂他们渴求的复杂性。可现在什么都逃不过我，除了睡觉。睡觉离我而去。也许是我老得睡不着，或是从睡觉里得不到再多益处。也许是我无须做梦，无须休息。也许是我的双眼知道，不久它们将永远合上。若逼不得已，我会醒着不睡。我会在破晓时分，在黎明让曙光悄悄潜入这间屋内时走下楼梯。我自有我守候等待的原因。在最后的安息前迎来这漫长的觉醒。知道那会结束，对我而言足矣。

他们以为我不理解世间正在慢慢壮大的东西；他们以为我看不出他们问题的要义，注意不到当我说出某些不得要领或愚蠢的话、某些对我们毫无用处的话时，当我似乎不记得他们认为我必该记得的事时，恼怒如无情的黑影，蒙在他们脸上，或藏于他们的话音中。他们过度禁锢在自己庞大而无法餍足的需求里，因我们那时共同感受的恐怖的余悸而变得过于迟钝，未曾注意到我什么都记得。记忆和血肉一样，注满我的身体。

他们供我衣食，保护我，这让我欢喜。作为回报，我会为他们做我能做的事，但仅止于此。正如我不能呼吸另一人的呼吸，不能帮助别人的心脏跳动，使他们的骨头不疏松或皮肉不起皱一样，我说不出超出我能述说之外的话。而我明白，这一点让他们多么着急，那叫我莞尔，这种热切的渴求，想在我们共同的遭遇里找出可笑的掌故或鲜明、简单的范例，只是我已忘了怎么微笑。我不再需要微笑。正如我不再需要眼泪。一度，我以为自己其实已无剩余的眼泪，我用尽了我储存的眼泪，可幸好，这种愚蠢的想法并未耽留，很快为实际情况所取代。眼泪，若真需要，总是有的。是身体制造了眼泪。我不再需要眼泪，那该是一种释然，可我寻求的不是释然，仅是清净和几分愤懑的得意，确信我不会讲出与事实不符的话。

前来的两名男子中，一人曾在那儿陪我们待到结束。当时，他多番温厚和善，随时准备扶我，安慰我，一如现在，当我告诉他的故事未夸大到他设定的极限时，他随时准备不耐烦地沉下脸。然而，我看得出那份温厚犹在的迹象，好几次，他眼中又现出炽热的光芒，然后叹息，重新投入他的工作，写下一个接一个字母，组成他知晓我读不懂的单词，叙述发生在山冈上和前后数日里的事。我曾请他把那些词念出来给我听，可他不肯。我知道他写了他和我都没见过的事。我知道他亦绘声绘色地再现了我经受过的和他目睹过的事，并确保这些文字将有举足轻重的地位，将有人谛听信从。

我记得的太多；我像风平浪静日子里的空气，凝止不动，不让任何事逸走。和世界屏住呼吸一样，我守住记忆不放。

所以，当我告诉他兔子的事时，我不是在向他讲述某些我已淡忘、因他的坚持追问而才记起的事。我告诉他的那些细节，这些年一直陪伴我，就像我的手或臂膀陪伴我一样。那一日，他想要掌握详情的那一日，他要我一而再再而三为他重温的那一日，在混乱的一切当中，在各种恐惧、尖叫和呼号中，一名男子靠近我身旁，他提着一个笼子，里面关着一只愤怒的大鸟，那只鸟，喙异常尖利，目露凶光；翅膀无法完全展开，这个限制似乎让鸟沮丧愤怒。它本该在飞翔、捕猎、俯冲扑向它的猎物。

那名男子还提了一个口袋，我渐而发现里面装着近半袋的活兔子，一群精力旺盛、惊恐万状的小生命。在那座山冈上的数小时里，在走得比其他任何时光更慢的那几个小时里,他从布袋中一只接一只抓出兔子,把它们塞进开了一道小缝的鸟笼。那只鸟先从它们柔软的下腹部某处下手,剖开兔子的身体,直到内脏四溢,接着当然是兔子的眼睛。如今谈起这件事不难,因为那稍稍转移了对真正在发生的事的注意力,也因为那毫无意义,所以谈起时没有困难。那只鸟似乎不饿,可也许它的饿是一种深度饥饿,连扭动挣扎的新鲜兔肉都无法满足。笼子里有一半地方堆满了半死不活、完整没被吃过的兔子,发出奇特的吱吱声。因过去迸发的生命力而抽搐。那名男子的脸上神采奕奕,周身焕发出一道光,他看看笼子,然后环顾周围的情景,近乎露出暗喜的微笑,布袋尚未清空。

*

到那时为止,我们已谈过别的事,包括在十字架近旁玩骰子的人;他们赌他的衣服及其他财物,或并无特别的理由。其中一人,令我惧怕的程度与后来抵达的那个勒断人脖子的杀手一样。这名最先到的男子,是那天来来往往的人中最引起我警觉的那个,最凶险可怕,似乎最有可能想知道结束后我的去向,最有可能是被派来带我回去的。这名男子的目光紧随我不放,他似乎效力于那群带马的人,他们偶尔露面,从旁观看。若说有谁知道那天发生了什么及缘由,那么,就是这个玩骰子的男人。假如我说他出现在梦里，那也许更易应付，可他没有，他也不像别的事或别的面孔一样，缠扰在我心头不去。当时他就在那儿，关于他，这是我唯一不得不说的，他监视我，他认识我，倘若现在，经过这些年后，他来到这个门口，对着光眯起眼睛，浅棕色的头发已花白，手依旧大得与身体不成比例，一副博闻、沉着、冷静的样子，克制心中的残忍，勒断人脖子的杀手跟在他身后，咧嘴露出邪恶的笑容，我不会感到意外。可在他们面前，我活不了多久。正如到我这里来做客的两位友人在期待我的发言、我的见证一样，这个玩骰子的男人和那勒死人的杀手，或他们的同党，必定在期待我的沉默。如果他们来，我会认得他们，如今那应该没什么大不了，因为所剩的日子无几，但我依然，在醒着的时候，怕极了他们。

相比他们，那个带着兔子和老鹰的男子竟显得毫无恶意；他虽残忍，但那是无用的残忍。他的冲动容易满足。没有人注意他，除了我以外，我那么做，是因为当时在那儿的人里，或许只有我不放过事态发展的每一步，说不定万一能在那些人里找到某个我可以求情的人。此外，我也可以了解，结束后他们大概想要从我们身上得到什么，而最重要的是，那使我可以分散注意力，哪怕只是短短一秒，把我的注意力从正在发生的惨绝的灾祸上转开。

他们没有兴趣理会我的恐惧和我身边所有人感到的恐惧，察觉有人在候着，受命等我们企图离场时把我们也一并围捕，我们似乎没有可能不被逮住。

上门来的第二个人用另一种方式显示他的威风。他一点不和气，急躁、厌烦，事事由他说了算。他也记录，但速度比另一人快，皱着眉，点头对自己的文辞表示赞许。他很易动怒。我只要从屋子一角走到另一角去取个盘子就会惹恼他。有时，难以抵抗想和他说话的诱惑，可我知道，单是我的话音，便让他充满怀疑，或某种近似嫌恶的感觉。可他，和他的同僚一样，必须听我的讲述，那是他来这儿的目的。他没有选择。

在他离开前，我告诉他，我这一辈子，每当看见两个以上的男人在一起时，便看到了愚蠢，看到了残忍，而愚蠢是我最先注意到的。他盼着我对他讲点别的，他坐在我对面，耐心正慢慢减退，因为我拒绝回到他渴望的主题：我们儿子丧命的那一日，我们怎么找到他，说了什么话。我道不出那个名字，讲不出口，一旦道出那个名字，某些东西会在我体内崩溃。所以我们用"他"、"我的儿子"、"我们的儿子"、"在这儿的那个人"、"你们的朋友"、"你们感兴趣的那个人"来称呼他。也许在临死前，我会道出那个名字，或设法在某个夜晚喃喃念出它，可我想我现在做不到。

他集结了一群格格不入的人在他身边，我说，他们和他一样，只是孩子，或没有父亲的男子，或无法直视女人眼睛的男子。被人看见自顾微笑的男子，或年纪尚轻却已老去的男子。你们中无一人是正常的，我说。我望着他把吃了一半食物的盘子朝我推来，像个发脾气的小孩。没错，格格不入之徒，我说。我的儿子集结了格格不入之徒，虽然无论如何，他自己绝不是这样的人；他本可以做任何事，他甚至本可以很安静，他亦有那本领，一种极罕见的本领，他本可以悠然自得地独处，他可以目视一位女士，仿佛她是自己的同辈，他懂得感恩，知书达理，聪明睿智。他使出了全部才华，我说，所以，他能领导一群信任他的人周游各地。我讨厌格格不入之徒，我说，可假如把两个像你们这样的人凑在一起，你们不仅会变得愚蠢，变得和寻常人一样残忍，而且你们会拼命求取某些别的东西。把格格不入之徒集合起来吧，我一边说，一边把盘子推回到他面前，这样你们将得到一切——无畏，雄心，无所不有——在解散或壮大以前，那将迈向我见过的和我现在所承受的结局。

*

邻居法里娜留下东西给我。有时我付钱给她。起初，她敲门时我不作回应，即便收下了她留给我的东西，不管什么——水果、面包、鸡蛋或水——我仍看不出有理由要在日后路过她门口时同她打招呼，或乃至装作知道她是谁。我小心不碰她留下的水，走去井边自己打水，即使手臂因此拉伤酸痛亦然。

我的访客来时，他们问我她是谁，我很高兴自己能告诉他们，我不知道，也没兴趣找出答案，亦不知道她为什么留东西给我，除非是给她一个借口，在一处不欢迎她的地方盘桓。我务必小心，他们对我说，那不难回击，只消说，这一点我比他们更清楚，假如他们是来给我不必要的建议，那么也许，他们应该考虑离远一点。

不过慢慢地，在路过她家，见到她在门口时，我开始望她，我喜欢她。她身形矮小，或说比我矮小，虽更年轻，看上去却更孱弱，这使事情起了转折。起先，我推测她是一个人独居，我相信，假如她从中作梗或变得死缠不放，我有能力对付她。可她不是一个人。我发现了这一点。她的丈夫卧床不起，无法动弹，她必须整日照料他；他躺在一间不见光的房间里。她的儿子，和所有人的儿子一样，去了城里，找到了更好的工作，或更有用的游手好闲，或是这样那样的历险，撇下法里娜，每天既要牧羊，照管梯田里的橄榄树，还要提水。我向她清楚表明，她的儿子，万一有一天来这儿，不能跨过这个门槛。我向她清楚表明，我不要他们的任何帮助。我不要他们踏进这间屋子。我花了数星期根除这几个房间里的男人的恶臭，让我能够重新呼吸未给他们污染的空气。

我开始在见到她时点头致意。虽然我仍不看她，但我晓得她会注意到变化。由此生出更多变化。起初有所困难，因为我无法轻易听懂她的话，她似乎觉得那很奇怪，不过并未因此而停止讲话。不久，我开始能领会她说的大部分单词，或足够理解她讲的是什么，我获悉她每天去的那个地方在哪里，她为什么去。我同她一道去，不是因为我想去。我去，是因为我的访客，前来监督我人生最后岁月的人，过了他们受欢迎的时限，并问了太多问题。我想，假如让他们找不到我，即便只是一两个小时，他们也许会多学些礼节，甚至会离去，那样更好。

我不认为发生的那件事，留下的可恨阴霾会有消散的一天。它像某样东西，在我的心脏里，把黑暗压送至我全身，频率和压出血液一样。或说，它是我的伴侣，我奇特的朋友，在夜晚，又在早晨唤醒我，整日不离我左右。它沉沉存于我体内，时常变成我载不动的重负，有时分量减轻，但从未消失。

我无故跟法里娜去了神殿。我们一出发，我便已开始喜滋滋地思考当我回去时关于我去了哪里的讨论，我已在琢磨要怎么对我的访客说。途中我们没有交谈，只在快到时，法里娜说，她每次来只求三件事——求神让她的丈夫在病痛加重前死去，求她的儿子健健康康，求他们会孝顺善待她。你真的希望第一个祈求实现吗？我问，你想你的丈夫死吗？不，她说，我不想，可那样也许是最好的。她的脸，她脸上的表情，她眼里的一种光芒，我们走进神殿时的亲切感，这些是我记得的。

接着，我记得我转身，第一次看见阿尔忒弥斯的雕像；那一霎，当我盯着它时，雕像散发恪守与慷慨、腴沃和慈悲，也许还有美，甚至美。那一时间让我心头一震；我自身背负的阴霾跑去和神殿可爱的影子对话。这些阴霾仿佛被光照着，离我而去了几分钟。我的心里没了怨毒。我凝视这座古老女神的雕像，她，见过的事比我多，受过的苦也更多，因为她活得更久。我艰难地喘息，说出我已接受了那些阴霾，那份重担，那个朝我袭来的可怕身影，在那一日，当我看见我的儿子被血淋淋地绑在那儿时，当我听见他大声叫喊时，当我以为不会有更惨的事发生时，直到过了数小时后。我错以为不会有更惨的事发生，我欲阻止那发生而做的一切都失败了，我为了不去回想那而做的一切也都失败了，最后，那连同其声音把我填满，那几个小时里的腾腾杀气，侵入我的躯壳，从神殿走回去时，那股杀气依旧激荡着我的心脏。

我用存下的钱，从银匠那儿买了一座小神像，铸的正是这位让我精神振作的女神。我把它藏好。但知道它在屋内，离我不远，别具意义，若有需要，我可以在夜间对它低语。我可以告诉它发生的故事，告诉它我是怎么来到这儿的。我可以讲述当新的钱币、新的法令、新的描述事物的词汇开始出现时所引发的巨大不安。人们，一无所有的男人和女人，都开始谈论耶路撒冷，仿佛那就在山谷另一边，而不是隔着两三天的路程。当年轻男子可以去那儿的事实变得明朗后，每个会写字的人，有木匠手艺的人，会制作轮盘或铸造金属的人，乃至每个口齿清晰的人，每个想做织布、谷物、水果或油生意的人，他们将统统奔向那儿。去那儿一下子成了很容易的事，可不容易的，当然是回来。他们寄来信、钱、布料，捎来有关他们的消息，可那儿总有一样东西以其引力留住他们，钱的引力，未来的引力。在那以前，我从没听谁谈论过未来，除非指的是他们口中的明天，或他们每年出席的盛宴。但并非某一将要到来的时光，一切会变样，一切会更好。当时，这种观念像燥热的风，吹遍各个村庄，带走了每个有用的人，带走了我的儿子，对此我不感到意外，因为假如他不走，也许会在村里惹人注目，人们也许会好奇他为什么不走。事情其实很简单——他不可能留下来。我什么也没问他；我知道他会很容易找到工作，我知道他会寄来别人——比他先走的人——寄回的东西，正如我和别的母亲为将要离家的儿子所做的一样，为他打包放好他的所需之物。几乎谈不上悲伤。只是结束了某件事而已，在他出发时，聚集了一大群人，因为那天，其他人也将一并出发，我几乎微笑着回到家，想到他身强体健，可以出远门，那是我的福气，我微笑，也是因为在他离去前的数月里——也许整整一年——我们打定主意，一直小心不作太多交谈，不培养太亲密的关系，因为我们俩知道，他将离去。

可是，我本该更多留意他离开前的那段时光，留意到家里来的人，留意在我桌旁讨论的事。当那些我不认识的人来时，我待在厨房里，不是出于害羞或矜持，而是因为无聊。那些年轻人流露的某些郑重其事的气焰，令我反感，迫使我转入厨房或园子里；他们某些猴急的饥渴样，或是察觉到他们每人身上缺了点什么，让我想要端出食物、水，或诸如此类的东西，然后赶紧消失，对他们正在谈论的事，一个字也别听见。他们经常先沉默，汲汲然，焦躁不安，然后异常高声地谈话；他们有太多人在同一时间发言，或甚至更糟的，当我的儿子强调安静，开始向他们发表演说，仿佛把他们当作围聚的群众时，他的声音虚伪极了，语气里尽是矫揉造作。我听不下去，那像某种刺耳之物，让我浑身不舒服。我经常不知不觉提着篮子，走在灰尘仆仆的小径上，仿佛要去买面包，或是去拜访一位不缺客人的邻居，指望等我回去时，这些年轻人已散去，或我的儿子已停止发言。他们走后，单独和我在一起时的他，更加从容温雅，像一个水瓶，倒出了陈腐的水。也许，在那时的讲话中，他清涤了过去以来搅乱他心绪的东西，不管那是什么。接着，当夜幕降临时，他再度盛满清澈的泉水，那源自独处、睡觉、或甚至沉默和工作。

*

我一生很喜欢安息日。最美好的时光是在我儿子八九岁时,他业已长大,无需别人叮嘱就乐于端行守正,在屋里寂静无声时保持安静。我喜欢提前做好准备,确保屋子干净整洁,在安息日的前两天开始洗衣打扫,然后在前一天备好食物,确保有足够喝的水。我喜爱那天早晨的宁静,我的丈夫和我轻声细语,去我儿子的卧室陪他,握着他的手,在他说话太大声,或忘记这天不是寻常日时,叫他安静。那些年,在我们家中,安息日的早晨是静和的早晨,是弥漫着宁静安适的时光,是我们反观自己内心的时光,对世界发出的杂音或前些日子给我们留下的烙印保持几近漠然的态度。

我喜欢望着我的丈夫和儿子一同往神殿走去,我喜欢留下来祈祷,然后独自出发前往神殿,不出声,不看任何人。我喜爱一些从书上朗读给我们听的祷辞和话。我把那背诵下来,谛听过后,在动身走回家时,对我而言,那变成温柔的慰藉。当时奇怪的事是,在日落前的那几小时里,我的心中进行着某种平静的交战,一边是祷辞的余音、那一日的安宁、万物平淡无声的闲适,另一边是某些阴郁混乱的心绪,意识到每一个过去的礼拜皆是失落、不可追回的时光,感觉有某样别的我叫不出名字的东西,潜藏于书的字里行间,仿佛在等候着,像猎人，像设下陷阱的人，像收获季节一只正待挥舞镰刀的手一样。时间在流动，世界上依然有那么多神秘难解的谜，想到这些，我心神不宁。不过，我将那当作内省日不可避免的一面，欣然接受。无论如何，当日落时影子融入夜色中，我们又可以再说话，我可以在厨房干活，再次顾念他人和外面的世界时，我感到高兴。

*

我的两位访客，他们来时把东西移来移去，仿佛这间屋子是他们的，仿佛重新排放家具，将假借他们一种在这间屋里的权力，是其他事无法给予他们的。当我吩咐他们把东西摆回去时——把桌子移回靠墙的位置，把盛水罐从地上搬到我通常存放它们的架子上——他们互相对视，然后看看我，明确表示他们不会照我说的去做，他们会在这些最微不足道的方面执掌大权，他们对谁都不会让步。当我回头瞧他们时，我希望他们看出鄙夷或从中看出他们的某些白痴样，尽管我并无鄙夷之情，我简直觉得开心，觉得好笑，他们多像小孩子，胡乱搜寻办法，显示谁是最大的，谁发号施令。我不在乎这里的家具如何摆放，他们可以每天一变，那不会冒犯到我，因此我通常很快重拾我手中的活计，仿佛乖乖地认输。可另一方面，我等着。

这间屋里有一把椅子，从未有人坐过。也许过去，这把椅子是某处的日常用具，可它进了这扇门，其间，我正极度需要记住我以前懂得爱的若干年时光。它闲置着，没有用过。它属于回忆，属于一个不会归来的人，他的身体已是尘土，可他曾经主宰这个世界。他不会回来了。我把这把椅子留在屋里，因为他不会回来了。我无需为他留着食物、水、我床上的一个位置，或任何我能收集到的、兴许会让他感兴趣的消息。我把这把椅子腾空。可以做的事不多，有时我在经过时望它一眼，我能做的就那么多，也许足够了，也许有朝一日，我会不需要有这样一件叫我想起他的东西在身旁。也许随着我迈入生命的最后时光，对他的回忆会更深刻地隐退到我心中，我将无需屋里任何物品的辅助。

我知道，以他们的粗莽，他们进来时仿佛在向一方之所发起突袭的架势，他们中的一人会挑中这椅子，做出看似随意的举动，从而让人更难阻拦。可我正等着呢。

"别坐那把椅子。"我说，当时他已把桌子移到一旁，拉出了椅子，之前我将它仔细放在靠墙的位置，用桌子挡住，以免被我的访客弄脏，"你可以拿旁边的一把，但这把不行。"

"我不能拿把椅子了？"他诘问道，仿佛是在对一个傻瓜发话，"不然椅子是用来干吗的？我不能坐椅子吗？"此时的语气中更多是侮慢胜于威吓，但带有几分胁迫之意。

"没有人坐那把椅子。"我平静地说。

"没有人吗?"他问。

我让自己的话音显得益发平静。

"没有人。"我答道。

我的两位访客看看彼此。我正等着呢。我没有转身背向他们,我竭力显得温和客气,好似某个几乎不值得挑衅的人,尤其在他们看来,那可能缘于一时冲动,一种妇人之见。

"为什么没呢?"他问,用的是一种甜腻的嘲讽口吻。

"为什么没呢?"他又问了一遍,仿佛我是小孩子。

此时我差点喘不过气来,我把双手搁在离我最近的椅子的靠背上,我从我气息上来的方式和骤然减慢的心跳中意识到,不用多久,我体内所有的生命力,仅存的那一点,将流失殆尽,像一簇火焰在一个和暖的日子里熄灭一样,不用费很大力气,只需微微一丝风,忽地一闪,便灭了,没了,仿佛根本没有燃烧过。

"不要坐在那儿。"我平静地说。

"可你得讲出理由。"他说。

"那把椅子,"我说,"是留给一个不会回来的人的。"

"可他会回来的。"他说。

"不,"我回道,"他不会。"

"你的儿子会回来的。"他说。

"那把椅子是留给我丈夫的。"我回道,仿佛这一次蠢的人是他。当我说出这个称谓时,我感到心满意足,好像仅仅道出"丈夫"这个词,就已把某些东西拉回到这个屋里,抑或某些东西的影子,无论如何,我觉得这足够充分,可他们觉得不够。于是,他走过去要坐在那把椅子上,他把椅子转向自己,准备端坐在那儿,背对我。

我正等着呢。倏忽,我找到那把快刀,握着它,摸弄刀刃。我没有把刀对向他们,但我伸手拿刀的动作快捷突然,引起了他们的注意。我瞥了他们一眼,继而低头看着刀口。

"我还有一把藏着的,"我说,"你们中谁再碰那把椅子,你们只要碰一碰它,我会等着,我现在正等着呢,我会在半夜行动,像空气的流动一样无声无息,你们不会有吱声的时间。别以为我不会那么做,想都别想。"

这时我转过身,仿佛有活要干。我洗了几个不需要洗的罐子,又问他们可不可以给我打点水。我知道,他们此时想要彼此独处,等他们出门后,我把椅子摆回靠墙的位置,然后用桌子挡住它。我知道也许是时候忘记那个我嫁的男人,因为我很快就将与他团聚。也许是时候把这把椅子留给虚无,可要到它失去意义的那一天我才会那么做。我将在我自己觉得适当的时候打破它的魔咒。

*

　　如今,我游移在身边清晰分明的世间之物和某些苦涩的想象之间。在那些曾经吟诵祷辞、感谢和赞美上帝的安息日里,总免不了对天空中超出我们目力所及的东西、或对大地空洞的内部所埋藏的世界产生遐想,不知道那究竟是什么。有几日,在经过数小时的静默后,我有种感觉,我的母亲挣扎着朝我扑来,从某个黑魆魆的地方探出身子,向我伸手,仿佛在找食物或喝的东西。在那些安息日,当夜色降临时,我看见她沉回到幽暗深邃的洞穴里,一个大张着嘴巴的巨型空间;她的头顶,有东西飞翔掠过,她的脚下是大地隆隆的声响。我不知道自己怎么会有这样的想象,也许本更容易想象的是她在温暖的土壤里,在紧邻她喜爱的地方化作尘埃。而不管怎样都容易的,是从这些对想象中的地府的冥思转到眼前引人入胜的事务、发生过的事、或白天出现在我门前的身影上。

*

　　迦拿的马可不是我的表亲,但他称呼我是他的表亲,因为我们的母亲于同一时间,在毗邻的家中诞下我们。我们一同玩耍、一同长大,直到该分道扬镳的时候为止。他来到我在拿撒勒的家,当时只有我一个人。我与他多年未见。我知道他去了耶路撒冷,知道他比许多其他去的人更有才干,他从他父亲身上继承了一种混合羞涩与坚毅的特质,一种打动人、也许亦是在若有需要时蒙骗人的手段,和一种附和众人、凡事没有自己的观点或把自己的观点藏在心里不说的本领。

马可出现在我门口,然后坐在我的桌旁。他不要水也不要食物,他和以前有点不一样,日后,当保护我或说看守我的人,或不管他们是什么,来到这间屋子时,我也将注意到这种异样——一种冷漠、果决,一种运用沉默的本领,铁石般的眼睛和嘴巴,透出铁石般的内心。他告诉我他见到的事,告诉我——即便在那时就告诉了我——事情的后果会是什么。他说,他见到的那些事,不是无故撞见的;是一位同僚请他在安息日陪他去耶路撒冷羊市后面的池边,因为据悉,那是我的儿子和他的朋友聚首的地方。用马可的话说,那是他们引起骚乱、致使人们围聚、开始受到注意的地方。

有个痴傻的老家伙,马可说,以前常躺在那儿,和其余残废的、枯槁的、失明的、瘸腿的、跛足的人混在一起,他们疯疯癫癫,相信在某一时节,天使降入池中,搅动池水,在水停止翻腾时第一个落入池里的人,不管患了什么疾病,都能治好。我的儿子和他的朋友,那些曾与他到家里来的年轻人,那天就在场。马可从头至尾目睹了他和他朋友制造的混乱,煽动起人群中歇斯底里的情绪。马可说,他们想必知道有人在密切监视他们。有来自四面八方的间谍、告密的人、居中协调的人,他说。他们暴露在他们的眼皮底下,那些人可能收了钱,或有赏金,视监视到的情况而定。马可说,他站得离池子不远,足以看清注意的焦点集中在那个傻子身上,他半是乞丐,半是白痴,正嚷嚷着说他残废了许多年。在周围的人一个个凑近时,马可听见我儿子的声音。"你要痊愈吗?"他喊道。有人大笑,模仿他的话音,但其他人却招呼更多人默默朝中间那个声音走去。在池子旁,那声音低沉洪亮:"你要痊愈吗?"那个傻子开始坚称天使将来搅动池水,可因为他没有仆人可以帮他,只有第一个入水的人才能得到治愈,所以他注定余生依旧无法行走。那个声音再度响起,这一次,无人嘲笑或模仿。四下里鸦雀无声,这一次,那个声音说:"起来,拿起你的褥子走吧。"

马可算不出人们静默了多久;他能看见那个人躺在那儿,接着,人群后退,仍然无人讲话,那人站了起来,我的儿子嘱咐他不要再犯罪。接着,那个人走了,把担架留在那儿。他朝神殿走去,一大群人跟在他后面,我的儿子和他的朋友也跟了上去。他们正在安息日掀起一阵狂乱。到了神殿,没有人关心那家伙,关心他为什么会走路,大家担心的是他大叫大嚷,指指点点,身后跟了一大群人,而那天是安息日。是谁引发这破坏安息日的行为，马可说，大家一清二楚。我的儿子没有当场被捕，马可说唯一的原因是因为监视他的人想看他下一步会去哪里，背后支持他的人是谁。当局，无论犹太人还是罗马人，都想知道他会把他们带往何处，假如他们确保他不管去哪里都躲不过间谍和监视的人，那会出现什么情况。

"可以有办法制止他吗？"我说。

"有，"马可说，"假如他回家来，一个人回来，而且不让人在街上看见他，不工作也不见任何人，就待在这几间屋里，从这个世上消失，那样也许可以救他，但即便如此，他仍将受到监视；可别无他法，若要这么办，他若要回来，必须尽快。"

*

于是我决定动身去迦拿，参加我表亲女儿的婚礼，之前我已决定不去。我讨厌婚礼。我讨厌一大堆人欢声笑语，糟蹋食物，杯满酒溢，新娘和新郎更像一对用来献祭的人儿，为了金钱、地位，或遗产之故，给挑选出来，为了某件不干任何人的事而庆祝，然后置身于人们兴高采烈、醉醺醺、无端聚会的欢闹声中。这在人年轻时比较容易接受，因为不知怎的，那些天里喜笑颜开的人们和普天的疯狂会使你心醉神迷，直至可能爱上一个小丑，倘若他走得够近的话。

我去迦拿，不是为了闹哄哄庆祝两个人的结缡，其中一人我一点不熟，另一人根本不认识。我去，是为了看能不能把我的儿子带回家。数日前，我鼓起我自觉有的力量，练习发声，想出种种压低声音、显出急切之意的说话方式。倘若允诺不奏效，我准备了警告和威胁。我想，我总能说中一样东西，一样兴许要紧的东西。一句话，一番允诺，一次威胁，一个警告。我坐着，确信自己胸有成竹；我骗自己他会跟我回来，他已厌倦了流浪，如今他身心俱垮，抑或，我可以用一些话击垮他。

当我在婚礼前几日抵达迦拿时，我知道，或几乎知道，我白来了。大家无一例外都在谈论他，身为他的母亲，意味着有人认出我，朝我走来。

离我的表亲米利暗姆家不远，是拉撒路的家。自他在襁褓中时我就认识他。在我们大家所有的孩子里，他，从来到世间的那天起，就是最俊俏的。在别的什么都还不会以前，他似乎就已懂得微笑。当我们去探望他的母亲拉米拉时，她会把手指按在嘴唇上，领我们走到房间另一角摆着他小床的地方，当我们朝床上望时，他似乎已在微笑。这不时令拉米拉近乎感到尴尬，因为来做客时，我们会发现，觉出我们既是来探望这个男孩，看他学习走路说话，同样也是来拜访他的父母或姐姐的人不止有我们。其他孩子一见到他，立刻要他加入他们的游戏；他们无论做什么，一有他，气氛就变得安宁和睦。现在我明白，他是我们中唯一具有某些特殊异质的人——黑暗或恐惧，在夜最深时或安息日的尾声侵入我们灵魂并潜伏在那儿的东西，未降临在他身上。从他们一家搬去了伯大尼到重返迦拿生活，这些年来我没有见过他。可我一直有耳闻，每次都有一些关于他的消息——他长大了，朝气蓬勃，风度翩翩，严肃温良，他们忧心忡忡，因为知道将无法把他留在橄榄园和果树林里，他会碰到某些事，一座宏伟的城市将向他发出召唤，他散发的魅力和他的美，如今成长为男子汉的美，需要另一片王国，让其在里面茁壮发展。

可没有人意识到，他注定前往的是死亡之国，一切的优雅俊美，他所有的独特光环，宛如神灵赐给他父母和姐姐的馈赠，这一切皆是一个残酷的笑话，犹如受到美食的一缕芳香或富足愿景的逗弄，而其实那只是过眼云烟，注定去往别处。我听说他连续一两日痛苦地呻吟，然后好转，继而痛楚再度来临，袭向他的头部，通常持续一整夜，他号叫，叫喊着他保证做个好人。但无计可施，毒性在他脑中扩散，他开始变得虚弱，不能忍受光，连一丝光都不行。有人进房时开一下门，他都会受不了，他会大叫。我不知道这持续了多久；我听说他们悉心照料他，也听说，那好像一股夜晚的暗风，摧毁了一次黄金般的丰收，或是一场瘟疫侵袭树木，导致果实萎缩，连提起他的名字或问起他的情况，都会招来厄运。

因此,我没有打听他的情况,可我时常想起他,尤其在准备到迦拿来时。我不知该不该去探视他或他的姐姐。出发之际,我不晓得他已经死了。

当我抵达迦拿时,那儿的街上有种奇特的空荡感。后来我听闻,几天前,有两个小时或更长时间,空中鸟儿飞绝,仿佛那是黑夜,或有大灾在酝酿中,对它们构成危险,迫使它们躲回巢中。万物噤声不语,按捺不动,没有风,没有树叶的飒飒声,没有动物的声响。猫爬到人看不见的地方,影子——就是那原本的影子——留在原地。拉撒路在一个星期前死了,在他下葬后的第四天,我的儿子与他的信徒带着他们的高谈阔论来到迦拿。当我的儿子吩咐他们把拉撒路挖出来,将他移出坟墓时,没有人愿意这么做。在死前的几日里,拉撒路已变得安详美丽。如今无人想去碰他,想去惊扰地下的他,可来的这群人,受到的狂热追捧如此之巨,让他的姐姐没有选择。这帮人带来消息,说有一位盲人复了明,一场没有食物的聚会奇迹般地变成了丰盛的飨宴。议论的话题全都围绕神力奇迹。这伙人像一群蝗虫似的,在乡间漫游,寻找匮乏和苦难。

可他们中没有人料到谁可以使死者回生。没有人想过这件事。他们中的大部分人相信——或据我所知如此——这连试都不该试,这会代表对上天本身的嘲弄。他们认为,也是我过去认为的,现在依旧这么认为的,谁都不该破坏死亡的完满。死亡需要时间和静默。死者必须不受干扰，独自面对新赐予他们的命运或新获得的脱离苦海的自由。

我知道——是马可告诉我的——死去的男孩的两位姐姐，马利亚和马大，一听说跛足的人恢复行走、失明的人重见光明的消息后，便开始密切关注我的儿子。我理解，在最后静默的那些日子里，她们一定什么都愿意做。她们无助地望着弟弟轻易地滑向死亡，一如河流的源头，藏在地下，开始上涌，裹挟着水，流过平原，奔向大海。她们愿意用尽一切办法使这股水改道，让它在平原上蜿蜒迂回，经不住太阳而干涸。她们愿意用尽一切办法保住弟弟的命。她们带信给我的儿子，请他去一趟，可他没去。那是我在看见他时认识到的一件事，即，假如时机不对，他不会为仅仅一个世人的话语、或他认识的任何人的请求所动。故而，他不理会马大和马利亚的口信，她们和弟弟住在一起，以便可以陪伴他，在他呼出最后一口气时，在他完全汇入大海的波涛，成为潮起潮落中看不见的一面时。在当时的那段日子里，河水渐渐染上盐的味道，她们安葬了他，他干净地躺在土里，许多喜爱拉撒路的人和认识他姐姐的人上门来安慰她们。人们议论哀悼。

后来，她们听说那帮人来了，像嘉年华会一般，凡是不满现状的人和神经兮兮的预言家都尾随其后，马大出门到街上，向我的儿子宣布她弟弟的死讯。她同他对质，赢来的是他与他周围人的沉默，她吼道："假如你在这儿，他就不会死。"她准备继续往下说，可却停住片刻，她看出我的儿子有多难过，看出他心里清楚，或似乎清楚，拉撒路的受苦和死，是一种几乎沉重到谁也无法承受的悲伤。如今，那成了压在心头、化解不去的痛。

马大让那份沉默持续了半晌，然后再度开口，那帮人侧耳倾听。她讲得非常小声，可人们还是听见了她的话。悲痛欲绝的她，不顾一切，让她的请求听来像是挑战。

"我知道，"她说，"就算现在他已入土四天，你也有神力可以让他复生。"

"他会复生的，"我的儿子回道，"就像全人类会复生一样，当时间不再无情，当大海本身变成一面光滑平静的镜子时。"

"不，"马大说，"你有神力现在就办得到。"

她把当时别人告诉过我儿子的话讲给他听，说他不是和我们一样的凡人，她相信他是上帝的儿子，他扮成凡人，被派到我们中间，可他不是凡人，他具有神力，他是我们一直在等待的那个人，将成为世间之王和天国之王的人，她和她妹妹，同那些人一样，幸运得能认出他，就像此刻他们认出他一样。为了她的弟弟，她张开双臂，清晰响亮地对他说，他是上帝的儿子。

马大碰见又去了坟上哭悼的马利亚，她也走到我儿子面前，对他说，他有神力。她流下眼泪，我的儿子也跟着落泪，他自幼就认识拉撒路，和我们大家一样很喜欢他，他同马利亚来到坟前，上面覆着新盖的土，跟随的那群人里发出嘀咕声，人们嚷道，假如他可以治好病人，让残废的人行走、盲人复明，那么他亦能使死者回生。

他立在那儿，沉默了一阵，然后用耳语般的声音命人把坟墓挖开。这时马大发出尖叫，怕她要求的事得到了应允，她喊道，她们受的苦已够多，尸体在土里埋了这些时日，估计已发臭腐烂，可我的儿子坚持这么做。人群站在一旁，坟墓给打开，松软的泥土从原本覆盖在拉撒路身上的地方落下。尸体一暴露，大部分旁观的人惧怕得散开，唯有马大、马利亚和我的儿子例外。我的儿子大声呼唤："拉撒路，出来。"渐渐地，人群又再围拢，凑近坟墓，就在这时，鸟鸣声止，空中鸟儿飞绝。马大亦相信，那一刻，时间暂停，在那两个小时里，没有东西生长，没有东西诞生或出现，没有东西以任何方式死亡或凋零。

慢慢地，那个受泥土沾污、裹覆着尸衣的人形，在她们安葬他的地方颤巍巍地动了起来。仿佛是身下的大地在推着他，然后让他静止在空白的记忆里，接着又推搡他，像某个奇特的新生儿似的，抽搐蠕动着奔向生命。

他全身绑着布条，脸上蒙有一块方巾，此时他翻了个身，像小孩在充满活力的子宫里翻身一样，知道他在那儿的时限已到，他必须突破重围而降世。"解开他，让他走。"我的儿子说。上来两个人，两位邻居，他们站在坟墓里，周围的人噤声不语，惊惧地望着他们抬起拉撒路，给他松绑。他站了起来，身上只有腰间围着一块布。

死亡没有改变他的容貌。他眼睛一睁开，便盯着太阳，露出分外怪异的困惑，然后又盯着太阳周边的天空。他似乎没看见人群；他发出某些声音，不是具体的言语，而是某种近似低声哭喊或呜咽的声音。接着人群退后，拉撒路从他们中间穿过，经过他们面前，不看任何人，由他的姐姐牵着回家。周遭的世界依旧静止无声，我得知，我的儿子也静止无声，拉撒路开始哭泣。

起先他们注意到的只有眼泪，但继而他的哭声变成号叫，他的两个姐姐牵着他缓步朝家走去，穿过小径，沉默的人群一路跟随，那号叫变得益发响亮狂烈。等他们到门口时，他已几乎不能行走。他们消失进屋内，关上百叶窗，抵挡火辣辣的日头。那天，他们没再现身，尽管等待的人群逗留了一小时又一小时，甚至到夜幕降临，有些人乃至等了通宵，等到第二天早晨。

*

初到的那几天，迦拿有种奇怪的氛围。我发现货摊上摊贩摆出的东西比以往更丰盛，不仅有食物和衣服，而且有厨具和门锁。还有待售的动物——猴子、鸟，比如丛林里的鸟，红黄蓝的颜色，组成华丽斑斓的生灵，一种我以前从未见过的鲜艳夺目，引来大批人围观，啧啧称奇。摆摊的人和走在街上的人有种飘飘然的感觉，仿佛卸去了某些重担，招呼声、吼叫声，此起彼伏，街角有哄笑的人影。即便是耶路撒冷的集市日，每当我在婚前去那个地方时，也总有一种凝重色彩，做生意的人给人感觉是真的在做生意，或在规规矩矩地为安息日做准备。可在迦拿，到处是高扯的嗓门、飞扬的尘土、诡秘的笑声，年轻人肆无忌惮地大笑，空气中传递着连绵不绝的口哨声和嘘声。我的表亲米利暗姆和我一挪身到屋内，她就告诉我发生在拉撒路身上的故事，告诉我，现在都没有人愿意从他和他姐姐住的房子旁经过，宁可走到街对面去。她相信，拉撒路卧床在一间不见光的房里。她听说，他能勉强喝下水，咽下泡过水的软面包。那群浩浩荡荡的人已继续前行，她说，后面跟着一支益发壮大的车队，有小商贩，有推销东西的、提水的、表演吞火的和供应廉价伙食的。他们全都受到当局不遗余力的监视，有的人乔装打扮，可有的人公然跟随，而后迅速赶往耶路撒冷，第一个到那儿通报某项新的触犯当局的行径、新的奇迹、新的破坏重大秩序的举动，这一秩序的维持，是为了取悦罗马人。

米利暗姆已捎信给我的儿子,通知他我在迦拿,回信里说,他会出席婚礼,他的座位将安排在他母亲旁边。我心想,这样,我们就可以说上话了。我保持冷静。舟车劳顿的我打起盹,继而沉沉睡着。我谛听米利暗姆反复念叨拉撒路的故事。我做好准备面对我的儿子,亦准备好把他关在米利暗姆家的某间里屋,直到事态平息,直到有别的新鲜事登场为止,那时我们可以悄悄潜回拿撒勒。婚礼前一夜,我注意到,米利暗姆家周围的街道,平时天一黑就安静极了,那天充斥着脚步声和说话声。我听了一晚上,人们无所畏惧地走动,嬉笑交谈,互相打招呼,佯装打斗或逗趣的拌嘴,然后在街上跑来跑去。

也是那一晚,我们上床前,人们来家里,近乎歇斯底里地报告新娘的消息,她收到的丰厚贺礼,她将穿的衣服。大家纷纷讨论新郎一家及其内部分支的礼仪传统。我没讲话,但我知道,有人在注意我,我觉得有些人来家里是为了打量我,或当面见一见我。我趁一个机会赶紧离开那个房间,到厨房帮忙。当我端着收空杯的托盘回去时,我在门口站了顷刻,在没有人注意到我的暗处,我听见米利暗姆和另一位妇人又向其他人细述了一遍拉撒路的故事。

听到她们每人说她们俩谁都没有实际在场,我心头一惊。后来,当我发现米利暗姆独自一人时,我问她,那天她是否亲身在人群里,她笑了笑,说没有,可她从几个目睹了全过程的人口中听闻了所有细节。看到我当时脸上的表情，她转向窗户，关上百叶窗，小声讲了起来。

"我知道拉撒路死了。毫无疑问他是死了。而且下葬了四天。对此我确信无疑。可如今他活着，明天他将出现在婚礼上。有一种新的不可思议感；没有人，我们中没有人，知道下一件发生的事会是什么。有议论是造反推翻罗马人，或造反推翻教师。有人说罗马人想要打倒教师，有人说教师是整件事背后的主谋，但也有可能，根本没有造反，或其实真正将有的是一次造反，推翻我们以前所知的一切，包括死亡本身。"

她重复了一遍"包括死亡本身"。她讲得振振有词，令我呆若木鸡。

"包括死亡本身，"她又说了一遍，"拉撒路也许只是头一个。如今他活生生住在自己家里，我可以向你发誓保证，一个星期以前他是死人。这也许是我们一直等待的，那是那帮人来这儿的原因，是夜里有人叫嚷的原因。"

*

翌日早晨在厨房，消息传来，马大、马利亚和拉撒路将先来米利暗姆家，然后同我们一起去赴宴。我们得知，拉撒路依旧很虚弱，他的姐姐已察觉到人们有多么怕他。"他怀着我们谁都不知道的秘密，"米利暗姆说，"他的灵魂曾有时间在冥界扎根，人们害怕他会讲出的事，他会透露的见闻。他的姐姐不想去婚礼的路上只有他们三个人。"

我精心穿戴完毕。那日天很热，屋子里不让光照进来。我们在浓稠湿润的空气中行动迟缓。米利暗姆和我好几次发觉堂屋里只有我们两人，虽然彼此不自在，却既没有从椅子上起身，也没有说话。我们俩都在等待客人的到来。有几次，我们听见声音，我们俩双眼对视，怀着不祥的预感和惧意。我们谁都不知道当马大和马利亚领着她们的弟弟进屋时会发生什么。并且，随着时间的流逝，我们的好奇益发强烈。最后，在静止、闷热和沉默中，我睡着了。等醒来时，米利暗姆正俯身站在我面前，低语道："他们在这儿。他们终于到了。"

两个姐姐看上去比我以前见到她们时更美了。她们踏进这个密闭的房间，走近我，俨然中，身形稳重、轩昂、仪态万方。她们经历的事仿佛刻印在她们身上，将她们与其他人区别开，那似乎体现于她们的泰然之中。她们微笑时，脸上的表情里有种深邃。在她们朝我走来之际，我意识到，在她们心中，把我与发生的事联系在了一起，她们想要触碰我，拥抱我，感谢我，仿佛她们弟弟活着的事实与我有关。

她们的弟弟站在门口，然后悄悄走进屋内。他叹了口气，我们全都转向他，那时，就在那时，机会来了，我唯一有的机会，我想那大概本是每个人唯一有的机会，可以向他发问。但房间里光线昏暗，空气凝滞，而且我们大家，我们四个妇人都明白，应对我们不该提的事保持沉默。有几秒钟，我们中的任何一人本都可以向他打听那个他去过的、挤满灵魂的洞穴。那是一个被铺天盖地的黑暗所湮没的地方，还是那儿有光？是一个醒着、做梦、还是沉睡的地方？那儿有声音吗，或是纯粹的死寂，或是有一些别的像滴水、叹息或回音那样的声响？他有没有认识谁？他有没有遇见我们大家挚爱的他的母亲？当他在那个他去过的地方漫步时，是否记得我们？那儿有没有血或痛？那是一片色彩单调、发白的风景，还是鲜红壮阔，有悬崖、森林、沙漠、或渐渐渗入的迷雾？有人害怕吗？他想要回到那儿去吗？

拉撒路站在幽暗的房间里，又叹了口气，有什么东西打碎了，绝佳的机会离我们而去，也许一去不返。米利暗姆问他要不要喝水，他点头。他的姐姐领他到一把椅子旁，他独自坐着，完全陷入孤立。他的姐姐说，他似乎在向自己体内深处攫取某些遗留给他的柔和的精气，让他保持清醒，昼夜皆然。

我们出发去参加婚礼时他没有讲话。想不注视他很难，他由他的姐姐一路搀着，挪步的样子，仿佛魂魄里依旧满载着其自身之死所带来的震撼的新奇，像一个装满甘甜之水、快溢出来的水罐，凝重而迟缓。我只顾观察他，又拼命想把目光转开，所以不曾留意面前发生的事，直至快到举行婚宴的那间屋子，我看见一群就我所知与婚礼毫无干系的人，不仅有我先前见过的小贩和商人，还有大规模成群结队的年轻男子，他们全在争吵叫嚷。当我们走近时，每个人退后；人群逐渐静默无声。起先我以为仅是由于拉撒路和我们在一起的缘故，他仍由两位姐姐牵着。可随后我认识到，那番沉默也是因为我，假如我没来这儿就好了。我不知道这些人怎么会晓得我是谁。他们应该退后为我让路这一点，叫我感到近乎好笑，仿佛做梦似的，可实际那并不好笑，望见他们眼中夹杂的敬重与畏惧，那令人惶恐，因此，我低头看地，与我的朋友走进婚礼的筵席，仿佛我是无名小卒。

旋即，有人把我和其余人分开，将我带往一张摆在有遮篷的荫蔽处的长桌，让我坐在马可旁边，他似乎一直在那儿等我。他告诉我，他不能留在这儿，如今任何人，被看见与我们在一起，都会有危险，他指向一个漫不经心站在入口处的人影，我们进来时一定曾从他身旁经过，可我没留意到他。

"注意他，"马可说，"他是能轻松周旋在犹太人首领和罗马人之间的两三个人之一，那是他收钱干的事。他拥有的橄榄林，遍布一整座山谷，他有很多助手、仆人和一栋富丽堂皇的宅邸。除了去视察自己的土地以外，他鲜少为了什么事而离开耶路撒冷。他是个无所顾忌的人。他出身卑微，来自底层。他的发达，最初不是因为他的才智，而是因为他能不留一点痕迹、不发出一丝声音地把人勒死。这是他的有用之处，可如今他有别的本事。他将主宰事态的发展，他的话会有人听信，他的裁判将冰冷无情。只要他在这儿，那就意味着你们都死定了，除非你们十二万分小心地行动。你们必须尽快返家，你和你的儿子。你和那个他们监视最多的人，必须在筵席开始前就从这儿溜走，假如你有办法给他乔装打扮，那样更好，但你们不得同任何人讲话或停留，他不得离开家，几个月，也许甚至几年。那是你们唯一的生路。"

马可站起身，加入另一张桌上的一小群人，后来消失不见。我独自坐着，察觉到此时门口那个身影正盯着我。在我看来，他那么年轻，一脸无辜，近乎纯良，细细的胡子似乎是新近才长出来的，盖住瘦削的颔面和短缩的下巴。他看上去不像有任何杀伤力，也许除了他的眼睛以外，他有办法目不转睛地盯着东西或人，有办法把一幕完整的场景收入眼中，仿佛定要将此牢记不忘似的，接着再把视线转到近旁的一幕上。不过那始终是一种动物般的凝视，他的脸上没有显见的智慧，连一丝冷漠都没有，只有某些疏离、被动和残忍。有一刻，我对视到他的眼睛，可我转开，有一阵，我只把目光放在拉撒路的身影上。

在我看来，拉撒路明显奄奄一息。即使他死而复生，那也只是为了来向生命做最后的告别。他认不出我们其中任何一人，当他的姐姐递给他泡过水的小片面包时，几乎看不出他有能力端起水杯喝水。他的根似乎已向下伸展，他看见他的姐姐，就像你会在集市或人群中看见这个或那个人一样。他的身上有种独一无二的东西，假如他真的死了四天，又再度复生，那么，他拥有了一份在我看来似乎把他吓坏了的体验；他品尝过了某些，或看到听到了某些给他注满最纯粹苦痛的东西，那以某种阴森、不可言传的方式，令他受到难以置信的惊吓。那是他无法分享的见闻，可能是因为无法用语言来描述。怎么可能用语言来描述呢？当我望着他时，我明白，无论是什么，那叫他彷徨不知所措，无论他开始拥有的见闻是什么，无论他看见或听见了什么，那都成了与他相伴的一部分，藏于他的灵魂深处，就像躯壳载着自身那份隐秘的血液和筋骨一样。

接着那群人来了，其阵仗，我只在面包短缺的那一年见过。当时偶尔会运来一批寄售的面包，但永远不够，这意味着人们必须从人群中突围，人群必须牢牢结成一团向前蜂拥而来。我早已知道，街上见到的那帮人不是冲着婚礼而来的。我知道这些人是为了谁而来，当他出现时，他给我的惊吓，超过马可说的任何一句话曾给我的惊吓。

我的儿子穿着华丽的衣裳，他行动时，那衣裳仿佛理所当然地属于他。他的外袍用一种我以前从未见过的料子所制，颜色，是一种接近紫色的蓝，我从未见哪个男人穿过这种颜色。他似乎长高了，可那只是由他周围人对待他的方式而带来的错觉，那些追随他的人，那些与他一同前来的人，没有一个穿得和他一样，或像他那样焕发光彩。他花了好一会儿才穿过屋子，但尚未和任何人讲话，似乎也没在任何时刻停留。

我起身拥抱他，他显得生疏，出奇拘谨威严。我猛然想到，我应该此刻开口，在别人凑上前来之前对他耳语。我搂住他不放。

"你的处境很危险，"我低声说，"有人在监视你。当我离桌时，你得稍等几分钟，然后再跟上来。你切不可告诉任何人，我们必须离开这儿，在接下来的一个小时里离开这儿。等新娘新郎来到后，我会离席，仿佛去透透气，那将是信号。你必须跟我走。你切不可告诉任何人你要走了。你必须一个人离席。"

我的话还没说完，他已转身离开我。

"妇人，我与你有什么相干？"他问，接着又更高声地问了一遍，让全场人都能听见，"妇人，我与你有什么相干？"

"我是你的母亲。"我说。可这时他已开始与其他人讲起话，高谈阔论，隐晦神秘，用奇特而骄傲的措辞描绘他自己和他在世间的使命。我听见他说——那时我听见了，我注意到，当他说出那句话时，周围人都低头俯首——我听见他说，他是上帝的儿子。

他坐下来，我不知道他是否在思索我对他耳语的话，不知道待新娘新郎一出现后，我是否该做出行动，然后等他，但渐渐地，在我们等待之时，越来越多人上前来触摸他，消息传到屋外的大批人耳里，我意识到他根本没听见我的话。在当时激越的氛围下，他谁的话都听不见。新娘新郎来了，人们开始欢呼，我必须想好我该怎么办。我决定此刻留下来陪他，我会另觅机会；也许等入了夜，或到清晨时分，可能会有他一个人的时候，他会听得进警告。随后我心头一惊，当我再度看着他时，我发现警告他，使我显得多么自以为是、愚蠢胆小、孤陋寡闻，仿佛我懂得比他多。那一刻，我真希望马可没有走就好了，可当我朝入口处瞥去时，我能看出他为什么要走——那名男子，那个勒死人的杀手，正站在那儿，可此时，他身边多了两三个人，看起来比他更强壮的男子，他正指向人群里的身影。那一秒，他再度与我对视，我变得比听到"上帝的儿子"一语时更加害怕：我豁然明白，我没有错过带我儿子离开这儿的机会，我明白，从一开始我就根本没有这样的机会，我们全都劫数难逃。

我没有吃很多东西，如今我已不记得那些食物。虽然我的儿子和我并坐了两个多小时，可我们没有讲话。

现在看来似乎奇怪，但我们的沉默一点不出人意料。高涨的气氛，加剧的歇斯底里感，如此澎湃，加上屋外传来的叫嚷，使两个人之间单纯的交谈好像地上的面包屑。正如拉撒路焕发出死亡的光辉，那近乎像装束般覆盖住他身体的每个部位，无人可以洞穿一样，我的儿子亦然。他的身体给人一种生命跳动的感觉，像大风日里明朗的天空，或是挂满成熟的果实、尚未收割时的树木，让人感到一股不假思索的能量，好像慷慨的馈赠。他与我记忆中的那个小孩，与那个在早晨，当我在天明时走到他跟前、同他说话时显得最开心的少年，判若两人。那时的他俊俏柔弱，需求泛滥。如今，他身上没有一丝柔弱之态，他表现出的全是男子汉的气概，绝对的自信，光彩照人，是的，如阳光般的光彩，因而在当时的那几个小时里，我们无话可讲，那估计就像同星辰或满月讲话一样。

某一刻，我发现筵席中放进了更多的人，所有的注意力似乎都集中到我们桌上，而不是新娘新郎坐的那一桌。我发现马大和马利亚正领着拉撒路往外走，挽着他，近乎架着他，我发现勒死人的杀手仍在那儿，但现在我小心不与他对视。接着，有人嚷起来，说没酒了，一众人朝我们这桌走来；他们是刚到的新客，身上流露出某种突兀的亢奋之情，他们脸上的神色包含信任与乞求，他们此时的话音中略带歇斯底里的口吻。更多人开始嚷起来，说一滴酒也不剩了，有几个人甚至把注意力聚焦于我，仿佛我可以有什么对策似的。我用目光逼退他们，当他们嚷得更大声时，我假装没听见他们的话。我也许啜了几口酒，但有没有剩的，那与我无关。我甚至怀疑站在我们桌前的人里，有几个是不是真的没喝够酒。可我的儿子站起身，对周围那些人说，要他们搬六个盛满水的石缸到他面前。当时说来奇怪，屋里转眼就搬进了那几个缸子。我不知道每个缸里装的是水还是酒，可以肯定的是第一个里装的是水，但在各种叫嚷和混乱中，没有人知道发生了什么事，直至他们高喊起，他把水变成了酒。他们恳请新郎和新娘的父亲过来，试尝这新冒出来的酒。其中一人开口扬言，对主人来说，把好酒藏到最后，是多么古怪而不寻常的做法。接着，响起浩瀚的欢呼声，筵席上的每个人都开始拍手鼓掌。

然而，无人注意到，我没有欢呼。可在吵闹声的包围下，不管怎样，我被纳入其中，仿佛我的存在，协助把水变成了酒。一等喧嚣声平息，大多数人回座后，我决定再多讲一次。我把先前说过的话又说了一遍，但竭力在话中加入高度紧迫的语气。"你的处境很危险。"我一开口，当即看出那无济于事。我不假思索地站起身，仿佛只是临时走开一下，很快会回来。我离席，走回米利暗姆的家。我拿上行李，启程回拿撒勒。

当时，我以为那是事情最糟的部分，我走到本该能

40

遇见朝家方向行进的驴队的地方，可那儿没有等候的驴队。没有可以询问的人，没有遮挡庇护之所。那是我唯一知晓的地方，虽然太阳炙热，可我还是等在那儿。过了一阵，我在一棵瘦小的树下找到阴凉处，又等了更久，但当下起雨时，那片树荫毫无用处。此前天空那么湛蓝，天气那么炙热；这时的变化来得突然而彻底。雨打下来，风呼呼地吹。那儿无处可躲。我想尽一切办法。我蜷缩在树下避雨。我等着，别的人也慢慢聚拢来，可雨依旧下个不停，还打雷。他们说会有一支驴队过来，没有别的可以等的地方。我待在那儿，浑身给雨淋透，我没有选择。我知道包里有些干衣服，希望等雨停时可以换上。我只得等个通宵。那儿有个卖食物的人，所以我没饿着。渐渐地，风雨平息，我换好衣服，想必小睡了一会儿，后来被声音吵醒，牲畜的声音，其他旅人的说话声，当下，我们在破晓前的那个小时里上路。我不知道回家后要做什么，但当时，在我们出发之际，我似乎觉得自己没有选择。可其实一直都有，从我起身离桌的那一刻起，选择就在那儿——我可以掉头回去。

几次，在我们行进途中，我想象转身，请他们停下，然后等待，等待下一支到来的驴队，带我返回我逃离的地方。为了什么？去做什么？也许去了那儿，我就能看见别人正在目睹的事。也许可以待在近旁，假如他们允许我待在近旁的话。什么都不问。观望。了解。当时，我无法将那诉诸言语。但在我们出发之际,我任其袭上我的心头。行出一段时间后,我明白自己必须作一抉择。在一个休息站,我看到远处来了一支可以带我回去的驴队,望着他们走近,我决定不同他们说话。我将完成我已踏上的回家之旅。

*

我以为回家后的日子会平静,我将继续过着无人打扰的生活。我尽我所能,把看见的和听见的事置诸脑后。我轻松度日,像往常一样每天早晨做祷告,一天出门一趟,去提水、喂牲口、照料园子和树木,每隔几日,去远一点的地方,确保自己有足够的木柴用来引火和烧火。我需要的不多。天亮时,我独坐在屋内的幽暗处。有人上门来,我一概不应。连犹太会堂的三位长老来我都没应,他们来了几回,喊我的名字,砰砰砰大声敲门。天黑后,我躺在床上,有时入睡。渐渐地,我虽然避世隐居,却也开始察觉到,这间屋子已引起注意,当我在牧羊或喂鸡时,有人在留心观察我。当我去打水时,井边的人见我走近,退到两旁,让我提着水桶从中间穿过,一声不响,直到我转身回家为止。当我溜进犹太会堂时,妇人们腾出位置给我,但小心不与我坐得太近。有几位妇人同我讲话,有些消息传入我的耳朵。那是一段奇特的时光,其间我努力不思考、不幻想、不做梦,甚至不回忆，产生的念头自发而来，注定与时间有关——时间，把一个如此无助的婴儿变成小男孩，怀着男孩的恐惧和忐忑，做出细小的伤人举动，继而将他塑造成一个青年，一个有自己的言语、想法和隐衷的人。

再后来，时间塑造了那个在迦拿婚礼上坐在我旁边的男子，那个对我不理不睬、不听任何人讲话的男子，一个充满神力的男子，那种神力似乎不包含多年前的记忆。那时的他，需要我的哺乳，需要我的手扶着他帮他学习走路，或我的声音哄他入睡。

他施展的神力，说来奇怪，那竟让我比以前他没有神力时更加爱他，更想设法保护他。不是因为我识破了或不相信这种神力。不是因为我依旧将他视作小孩子。不，我看见了一种既定的、真正堪称神奇的威力形成产生。我看见了某样似乎没有来历、不知从哪儿冒出来的东西，我试图在睡梦中、在醒着的时候保护这样东西，我对那怀有一份永久不变的爱。我爱他，无论他变成什么样。我以为我极少谛听人们的聊天，但我必定是在街上或井边听了某人的话，我获悉，先前他的信徒坐船离去了。在他们坐船出发之时，我的儿子躲入山里，他一度不想同他的信徒在一起，他没有像我哀求他的那样，跟随我逃跑，而是继续孤身一人，他想必也看见了征兆和危险。我得知，他的信徒乘着一条破旧的船在海上，为了某个他们自己的理由，出发前往迦百农。那是黑夜，海水因突来的飓风而开始上涨；风把超载的船吹得前摇后摆，使里面灌满水，将它往四面八方拉扯，他的信徒都觉得他们会溺亡。我得知，就在这时，在月光下，他出现在他们面前，原来，或据我邻居所嘀咕的，他实际是走在水上，仿佛那是平坦干燥的土地。他以他的神力平息了波涛。他在做别人做不到的事。一定还有其他故事，我听到的这个也许只是部分，也许还有别的事发生，也许没有风，或他平息了风。我不知道。我不去想它。

我知道的是，有一天，我站在井旁，一位妇人过来对我说，假如他愿意，他能够终结这个世界，或让事物的体积增长一倍。我知道，我没打满水就转身离她而去，我走回家，一整天再没出门。我活在迷蒙的等待中，依旧试图不去思考或回忆。我在四壁围起来的屋内、在园中或田里，安静地走动。我需要的养分微乎其微。有时，某个邻居留下食物，挂在边墙旁的钩子上，我等入夜后去取。有一日，敲门声比以往更响、更急，有一个男子高喊的声音。我听见邻居纷纷走到路上，告诉那谁，里面没有人。当那个声音问起，这儿难道不是我儿子的家，我难道不住在这里面时，邻居告诉他是，但现在这间屋子空着，锁着，附近已有一段时间不见人出没。我站在门内，侧耳倾听，近乎屏息，不发出一点响动。

我等待着，时间过了数星期。偶尔，我还是听到一些消息。我知道，他没有再去山里，我也知道拉撒路仍活着，而且成了热议的话题，在每口井旁，每个街角，在人们聚众的每一处场所。我知道，人们如今守候在拉撒路家门口，想瞅一眼他，害怕他的惧意全烟消云散。对那些聚众议论这件事的人来说，那是一段巅峰时光，到处是传闻和新消息，到处是既真实又经过大肆夸张的故事。我多数时候过着寂寞的生活，但不知怎地，死者被复生、水变成酒、大海的浪涛给一个走在水上的人平息，这一氛围里的狂乱，这番在世间搅起的轩然大波，像蔓延的雾霭或湿气，潜入我栖身的两三间屋内。

*

马可来时，我正盼着他。我听见一阵敲门声，接着听见他问一位邻居我在哪里。我开门让他进屋。黑影聚拢来，可我没有点灯；我已经至少一个月没有用油灯。我请他坐在桌旁，端出水和一些果子。我请他告诉我他有什么办法。他说，他要告诉我的只有一件事，我该做好准备，聆听最坏的消息。他说，关于情况的处理，已经有了决定。他停住片刻，我想，大概是我的儿子会遭驱逐，或命令他不准再公开露面或演讲。我站起来，朝门走去，出于某些我不清楚的原因，做出仿佛要离开屋子的举动，那样，我就不必此刻听他要说的话。可我没有来得及走到门旁。他直截了当地开了口。

"他将给钉死在十字架上。"他说。

我转过身，从他的陈述里，我明白可问的问题只有一个。

"什么时候？"

"近期内，"他说，"他已重新成为呼风唤雨的核心人物，而且有了更多信徒。当局知道他在哪里，他们可以随时逮捕他。"

接着，我发现自己问了一个愚蠢的问题，可那是我非问不可的。

"有没有办法阻止这件事？"

"没有，"他说，"可你必须尽快离开这儿，天一亮就走。他们将对他的所有信徒展开搜索。"

"我不是他的信徒。"我说。

"你必须相信我的话，我说他们会来找你。你必须走。"

我依旧站着，我问接下来他要做什么。

"我这就要走，不过，我可以给你一个耶路撒冷的地址，你在那儿会安全无虞。"

"我在哪儿会安全无虞？"我问。

"你在耶路撒冷暂时会安全无虞。"

"我的儿子在哪里？"

"在耶路撒冷附近。钉十字架的地点已经选好。将在市郊。假如有任何救他的机会，机会将在那儿，可已有人告诉我，没有机会，早就没有机会了。他们一直等着呢。"

我见过一次把人钉死于十字架上的情景，是罗马人处置一位他们的同胞。隔着远远的距离，我记得我心想，那是自古以来人像变戏法般制造出的最惨不忍睹、最可怕骇人的画面。我记得我还心想，我老了，而且变得越来越老，我希望在死前不会再见到这样的场景。那留在我心中，远远的那一幕，那教我颤抖，我曾努力把思绪转到别的对象上，试图抹除对此的记忆，那幅无法用语言形容的画面，内中滔天般、灭绝人性的残忍。但我不确知受难的人是怎么死的，要多长时间，他们被吊在那儿时，人们是否使用长矛刺他们或拷打他们，或有别的原因，比如炙热的太阳，导致身体随着时间推移断气。我一生回想过的种种事里，那是离我最远的一件。那与我无关，我相信我永远不会再目睹此景，或以任何形式来近距离面对它。此时我在无意间问起马可，钉死于十字架上要多长时间，仿佛那既是某件令人惊讶之事，却又稀松平常。他回答："几天吧，但有时几个小时，视情况而定。"

"什么情况？"我问。

"别问了，"他说，"你最好什么也别问。"

此时，他撇下我，抱歉说他不能陪我同行，若有什么可以做的，那就是他得与我保持疏远隐蔽的关系。他建议我穿一件斗篷，行动小心，一路上确保没有被人跟踪。他离去前，我请他再稍等片刻。在他的雷厉风行、在他应付这件事的有条不紊的方式上，有某些东西教我心神不宁。

"你是怎么知道这一切的?"我问他。

"我有线人,"他严正、近乎自豪地说,"身居高位的人。"

"所以事情已经定了?"我问。

他点头。我有种感觉,假如我能多想一个可问的问题,一件可说的事,那份含义将会转移弱化。他等在门口,看我此刻想说什么。

"如果我去耶路撒冷,会找到他吗?"我问。

"在我给你的地址,"他回道,"那儿的人将比我更了解情况。"

当时我差点问他,我为何应该信任一个比他更了解情况的人,可我望着他,他踯躅在门口,即使在他终于离去前的最后一瞬,我依旧认为我本该再多问或多说一件事。再多一件。可我想不出是什么。接着他走了,或许是因为这间屋里太久没有人,他留下一股十足不安的气息。独坐的时间越长,我越发认识到,不管出于什么原因,我都不该去他给我的那个地址,我要回一趟迦拿,去米利暗姆家,然后去找马大和马利亚,我会问她们该怎么办。

*

我照他嘱咐我的话打扮,穿了一件斗篷,在不得不开口讲话时,压低声音。我遇见一支朝迦拿方向行去的驴队，加入其中，我在别人歇息时歇息，小心不让自己离群，以免引起他们过多的注意。人们的谈话比我以前听过的更自由放肆，出言反对罗马人、法利赛人，反对长老，反对神殿本身，反对律法和税收。女人几乎和男人一样滔滔不绝。那宛如生活在一个新的时代。后来，话题转到我的儿子与他的信徒所能创造的奇迹，转到如今有多少人拼命想追随他们，或仅是找出他们人在哪里。

已然，即将发生的事沉沉压在我心头。可时而，我却忘记它的存在，我任思绪流连在随便任何事上，结果发现，我正在迈向的是等待跃起，像一头受了惊的动物一样跃起。这个念头如此般产生，形成骤然的震动和冲击。接着，它放慢速度，变得更隐蔽。它进入我的意识，逐渐钻入我的身体，像某些有毒之物会沿着地面匍匐爬行一样。途中有一晚，我漫步在星光点点的夜空下，片时，我以为不久这些星星将停止闪烁，未来的夜晚将是比黑暗更深的黑暗，世界本身将经历巨变，接着，我很快开始意识到，变化将只降临在我和少数几个认识我的人身上；只有我们，在未来望着夜空时，先看见黑暗，再看见闪光。我们会认为闪烁的星辰虚情假意，在发出嘲笑，或本身和我们一样，因夜晚而不知所措，是拘系在原本位置上的残留之物，它们的发光无非是一种乞求。那些夜晚我想必有睡着，过不了多久，我正在迈向的事将无时无刻不固着在我清醒的时光里、我的梦里，无时无刻不主宰每一次的思考。

*

米利暗姆已经听到传闻，在我抵达时，我能从她眼中的恐惧里看出，她不愿告诉我那些传闻是什么。我对她说我知道了。这是我来的原因。可她依旧面有难色。我站在那儿，她没有跨出屋子的门厅半步，只微微打开门，当时我恍然大悟，她没打算让我越过她站的地方。事实上，她在挡着，不让我进屋。

"你知道什么？"我问。

"我知道，"她说，"他们正在围捕他的全部友人和信徒。"

"你怕吗？"

"你难道不怕吗？"

"你是不是希望我离开？"

她没有退缩。

"是的，我希望你离开。"

"现在吗？"

她点头，不管她脸上的表情、她的姿势、她散发的气息是什么，在那一刹那，我比先前知晓了更多。我知晓，我正在面临某些凶残可怕、明确无误的事，某些超出任何人理解范围的阴暗和邪恶。我期待被带往那儿，然后在门口给拖走，拖到某个地方，从此在这个世上消失。此时，我明白了一切，我差点大叫出声，但我确信米利暗姆会有办法制止我。我没有那么做，而是向她道了谢，转身离去。我知道今生不会再见到她，我朝马大和马利亚的家走去，准备也吃一次她们的闭门羹。

她们正等着我。她们的弟弟又一次躺在不见光的房内，不能说话。他睡觉时发出断断续续的呻吟和叫喊。马大说，在天明前的那个小时里，他的号叫让每个听见的人的灵魂饱受折磨。我把马可的来访和在表亲米利暗姆家发生的事告诉了马大和马利亚。我说明，我也许甚至已受到监视和跟踪，我这就要告辞，一刻也不耽搁。她们告诉我，她们也相信她们的屋子受到了监视，她们其中一人必须留下来，但她们已决定，假如我来找她们求助，那么，将由马利亚陪我前往耶路撒冷，我们俩将在夜色的掩护下悄悄动身。即使有人跟踪，我们也无可奈何，只能想办法甩脱跟踪的人。接着，我看出两姐妹的不同，马大告诉我，她知道审判他的人将是彼拉多，他将被带到民众面前，看他们是否要求释放他，不过长老已颁下指令，所以那毫无意义，她说。罗马人和长老都想要他死，但双方都不敢公开言明这一点。

马利亚反驳说，会有某些新情况出现，那会使这样的审判和预言失效，这个世界的时限已到，这些日子将是最后的末日和新的开端。在她说话时，我幻想我们逃到某个地方，随便什么地方。我幻想带着我的儿子穿过人群，他温顺，没了锐气，一反常态地露出惧色，行动谨慎，眼睛低垂，他的信徒全解散了。可广场上有神殿的人，马大再度坚称，他们已命令他们，提出要求释放强盗巴拉巴以代替，那些人会照吩咐的去做。我的儿子不会得到释放。

"他已经被囚禁起来，"马大说，"如何处置他，已有明确的决定。"

她们俩这时望着我，害怕说出那句尚未吐露的话。

"你是指他将被钉死于十字架上吗？"我问。

"嗯，"马大说，"是的。"

接着马利亚讲出："但那将是开端。"

"什么的开端？"我问。

"人世间新生活的开端。"她说。

马大与我不理会她的话。

"有什么可以做的？"我问马大。

她们俩此时露出茫然的神色，马大朝拉撒路睡的房间的方向努努头。

"问我的弟弟。我妹妹说得对。我们正在走向世界末日，"她说，"或是，我们认识的这个世界正在走向终结。什么事都可能发生。你必须去耶路撒冷。"

*

我们在城里找到住处。当我与每个人擦肩而过、或看见成群结队的人时，那似乎令我觉得不可思议。我决不会同他们讲话，永远不会认识他们，我心想，这多么怪异，我们看上去一样，或似乎一样，走在同样的大地上，说同样的语言，可如今我们没有一点相似之处，他们中无人知道我的感受或与我有同样的感受。他们看上去完全独立陌生。那似乎令我惊讶，我背负着一份没有人能一眼看出的重担，在每个我见到的不认识我的人眼里，我想必看起来平常普通，一切都压抑在心里。

我发现我们投宿的屋子里住满了他的信徒，未被抓起来的那几个，是有人命马利亚把我带到这儿的。她叫我放心，我会受到保护，这间屋子是安全的，尽管看起来不像。我好奇她怎么知道这些，她面露微笑，说事情需要见证人。

"谁需要？"我问，"为了什么？"

"别问了，"她说，"你必须信任我。"

在我们住下来的第一晚，一个多年前曾到我们拿撒勒家里来过的人将房门锁上；他冷冷地、怀疑地盯着我看。

我的儿子已给关押起来，成了真正的囚徒。他是束手就范的，在这间屋子里，在我与他的信徒共处的那些时光中，他们似乎都觉得这是计划好的，是世间将要到来的一次大解救的一部分。我想问他们，这次解救是否意味着到时他不会被钉死于十字架上，他会被释放，可他们所有人，包括马利亚———旦和他们在一起时——

说的都是一大团错综含糊的话。我明白，我问的问题，没有一个能问出直接的答案。我回到由愚蠢的人、躁动的人、不满现状的人和口吃的人组成的天地，如今他们都癫狂不已，还没开口讲话，就兴奋得几乎喘不过气来。我留意到，在这群人内部，有一套等级制度，例如谁讲话，谁聆听，或谁的出现引起静默，谁坐首席之位，谁随心所欲地无视我和我的同伴，谁向别的妇人索取食物，她们匆匆进出房间，像卑身听话的动物。

*

第二天，我们全体离开那间屋子。其中一人，那个现在依旧上这儿来的人，给派来看管我和马利亚。他叮嘱我们要随时跟他在一起，不得与任何人讲话。我们在早晨穿过狭窄的街道，来到一片广阔开放的地方，那儿人头攒动。

"这些人，"照看我们的人告诉我，"都是神殿雇来的。等时辰一到，他们将在这儿集体高呼放了那个强盗。彼拉多知道这件事，神殿的人知道会成功，有可能连那个强盗都已事先知情。这是我们救赎的开始，是世间伟大的新曙光。那经过详细部署，就像部署海洋和陆地一样。"

等他讲完话时，我走累了，我的一只鞋磨得脚疼。当我闭上眼睛听他说话时，我发现他的声音和语调里有某些东西；我感觉那不是他发自内心说出的话，而是学来的，并因为是学来的，所以逐渐相信那更千真万确、更令人肃然起敬。

广场上的一切竟是预先安排好的，那叫人难以置信，不过这儿有一种不同于迦拿街道上或婚礼上的氛围——没有突如其来的叫嚷或气氛的转变，感觉不到人们狂热的集会。广场上的很多人年事较高；他们三三两两凑在一起。似乎没有谁认出我们，尽管如此，我们仍立在暗处，马利亚和我，竭力表现出这是我们来的一个平常地方，抑或我们，同照看我们的人，也是事先布置的一部分。

起先，我听不见从广场对面那座楼阁阳台上传来的话，连想看清都很困难。我们只得从阴凉处转到日头下，然后往前挤入人群。是彼拉多，周围每个人都轻轻念叨着他名字，他在高声讲话，每次开口，声音都比前一次更洪亮。

"你们告这人是为什么事呢？"

人们齐声高喊作答。

"这人若不是作恶的，我们就不把他交给你！"

我错过了下一刻发生的事，有人把我推到一边，我们周围的说话声太多，可马利亚听见了，她告诉我讲的是什么。彼拉多叫众人把囚犯带走，按照犹太人的律法审问他。

彼拉多依旧只身在阳台上，旁边站着一两名官员。这回我听见了众人的回答，因为那话音干脆果断。

"我们没有杀人的权柄。"他们说。从他们说出这句话的口气里可以明显看出，这一切，我们正在目睹的每一幕，的确是预先安排好的。我没料到会有这样的事发生。接着，彼拉多消失不见，一股新的情绪在我们周遭的人中间滋长，谈话声和嘀咕声停止了，当我们全都定睛朝阳台的方向望去时，我感到气氛中正在加入某些新生之物。我觉出人群里有一种嗜血的渴望。我能从人们的脸上、从他们咧嘴的模样和眼睛兴奋的发光中看得出来。有些人的脸上有种阴暗的空洞，他们想用残忍、用痛苦和某人的大叫声，填补这一空洞。如今，一旦准许了他们可以有这样的要求，那么，只有某些凶狠之事才能满足他们。他们从一群按指示办事的民众变成了一帮暴徒，寻求某种莫大的满足，那伴随而来的只有痛苦的尖叫、绽开的皮肉和碎裂的骨头。

时间流逝，我们站在那儿等待，我注意到这种饥渴像传染病似的蔓延开来，直至最后，我相信在场没有一个人不受其感染，就像心脏压出的血液，不可阻挡地流遍身体的每个角落一样。

彼拉多再度出来时，他们竖起耳朵聆听，可他说的话没有新意。

"我查不出他有什么罪状，"他说，"但你们有个规矩，在逾越节要我给你们释放一个人，你们要我给你们释放这犹太人的王吗？"

众人准备就绪。他们回喊道："不要这人，要巴拉巴！"强盗巴拉巴在这时出现了，他在众人赞同的声浪中获得释放。接着，从某处发出一声叫喊，前方的人好像得以看见了某些我们看不见的东西，人群中升起困惑，同时亦有一种焦躁。人们蜂拥进广场，于是我们不再站在边上，而更接近中心。我们三个人彼此寸步不离，什么话也不说，竭尽全力不引起注意。每个人都全神贯注于阳台上；他们知道马上将会出现什么，他们就等着这份巨大的满足。

接着情况出现了，众人倒吸一口气，这首先是高兴的吸气，但也包含了震惊和某种不安，那发展成更贪婪的饥渴，就这样，吸气声变成了叫嚷、欢呼、嘶吼和嘘声。阳台上，一个脸上淌着血的人，一顶荆棘做的东西给推到他脑袋的斜后方，我的儿子，他穿着那件国王般的紫色长袍，袍子似披在他的肩上，那样子使我意识到，他的手被绑在了身后。他身旁站满卫士。当那些士兵在阳台上推搡摆布他时，众人开始哄笑喝彩。从他对受到推搡所作的反应中，我能感觉到，出了什么事削弱了他。他仿佛被打垮了，几乎丧失斗志。当彼拉多再度发话时，他一开口，众人就开始打断他，可他强令大家听好他的话。

"看哪，这个人！"他说。

前方，还有——我注意到——人群边缘的四周，祭司长开始带领人们高喊："钉他十字架，钉他十字架！"彼拉多再次要求安静。他靠近我的儿子，把他扶稳，阻止士兵推他。他向祭司长喊道："你们自己把他带去钉十字架吧，我查不出他有什么罪状。"一位祭司长高吼："我们有律法，按照律法，他是该死的，因为他自以为是上帝的儿子！"彼拉多再次退下，并命人把囚犯一同带回去。我注意到，在他转身之际——我能清楚看见他的脸——他带着恐惧和疑惑望了众人一眼。虽然这一刻，彼拉多似乎有释放他的打算，但此时我认识到，只有我一人还抱着那种希望不放。其他人都明白，为了将来，有些戏要演完，此刻除了杀人，别的都不重要。于是，当他们再度回来时，彼拉多喊道："看哪，你们的王！"这激起的只有众怒。四面八方，人们高喊着那句"除掉他，除掉他，把他钉十字架"。仿佛这些话，假如付诸实施，将意味着无限的快乐和喜悦，一种充实和成就感。彼拉多又一次高吼："要我把你们的王钉十字架吗？"那正中人们下怀。他们的回答像在玩一个游戏："除了恺撒，我们没有王。"接着，他被彼拉多带到众人面前，众人做好了充分准备；若被唤到，他们每个人都会亲自协助组织惩处。我们缓慢而艰难地朝边上移动，结果来到一支排列好的队伍前。男人们尖叫高喊，与他们的朋友打招呼，给人感觉，每个人的血液里都注满恶毒，一种伪装在活力、踊跃、叫嚷、大笑和高吼的指令下的恶毒，他们为向更远处一座山冈无情进发的队伍铺平了道路。

我们挤到最前头，努力确保彼此不走散。我们各自的模样看上去想必和在场的其余人没有差别，我们想必似乎也跃跃欲试，对将要履行的一份光荣任务感到兴奋不已。某个自称是王的人似乎必该先受到嘲弄、游街、受尽屈辱，然后在山冈上被痛苦地置于死地，让所有人都能看见他的死。另一奇怪的事是，我的鞋磨得脚疼，那不适于这样的奔走和这样的热天，这种疼有时啃噬我的心，把注意力从真正正在发生的事上引开。

*

见到十字架时，我倒抽了一口气。他们已将那准备好，等着他的到来。那太重，抬不动，所以他们让他自己拖着穿过人群。我注意到，他多次试图摘去套在头上的那圈荆棘，但徒劳无功，相反，那似乎使荆棘进一步扎入皮肤，扎入他的头骨和前额。每一次，当他举起手，想看看能否减轻这荆棘带来的痛楚时，他身后的几个人便会露出不耐烦的神情，他们挥舞木棍和鞭子，驱赶他前进。有一度，在推着或拉着十字架前行时，他似乎忘了所有痛楚。我们迅速赶到他前面。我依旧纳闷，他的信徒是否已有计划，他们是否在等待，或和我们一样，乔装混在人群里。我不想问，而且现在，无论如何也不可问。我警觉到，在这狂热的情势中，我们说的每句话，投出的每个眼神，都可能使我们，使我们其中的任何一人，也成为受害者，遭人踢打、扔石头，或给带走。

事情的转折发生在我与他对视之际。我们已走到前面，蓦地，我转过身，看见他又一次试图摘去嵌入他前额和后脑勺的荆棘冠，在无计帮自己纾困的情况下，他抬起头，刹那间，他与我四目相对。所有的担忧，所有的震惊，似乎都集聚到我胸口的一点上。我大叫道，欲向他冲去，可陪我的人拉住了我，马利亚对我耳语，叫我必须安静克制，否则，我会被认出来，被带走。

他是我诞下的孩子，如今的他比以前更加无助。在他出世后的日子里，当我抱着他、望着他时，心中产生的念头包括想到，现在我将有一个在我临终时会照看我的人，我死后，他会料理我的尸身。在那段时日里，就算是梦到我会看见他鲜血淋漓，看见周遭的人群情绪沸腾，认为应该让他流更多血，我也会像那天一样大喊出声，那喊声将发自我体内属于我核心的一部分。其余的我只是皮肉、血和骨头。

马利亚和我们的向导不断叮咛我，千万不可企图与他讲话，千万不可再大叫，我跟随他们朝山冈走去。要融入在场的那些人中很容易，大家都在说笑，有的人牵着马或驴，有的人在吃吃喝喝，士兵们用一种我们听不懂的语言大声叫嚷，其中几个长了一头红发，牙齿断了，面容粗糙。这儿宛如集市，但是某种程度上气氛更紧张，仿佛即将举行的事，将让买卖双方同时获益。我一直觉得，想要在不被人发现的情况下溜走依然是件易事。我抱着一个希望，支持他的人也许已为他计划好逃生的路，穿过这拥挤的人群，出城，到某个安全之所。可与此同时，在山冈之顶，我看见几个人正在挖坑，我意识到这儿的人是来真的；虽然也许看似像三教九流的聚会，但他们到此的原因只有一个。

我们等待，行进的队伍花了一小时或大概更久才抵达。不知怎地，分辨哪些人是有原因而来，哪些是受人之雇、照指示行动，哪些只是来看热闹，变得容易起来。奇怪的是，当他们中的一些人着手把他钉到十字架上，接着用绳子，试图把十字架拉到事先挖好的坑里，让它立在那儿时，其他人几乎并没在意。

钉钉子时，我们退后站立。每一枚钉子比我的手更长。五六个男子必须抓着他，拉开他的手臂，与十字架平行，然后，当他们动手把第一枚钉子钻入他手腕与手的交接处时，他痛得号叫，反抗他们，如注的鲜血喷射而出，锤子开始落下来，他们设法把长长的钉子尖钉进木头里，他扭动咆哮，他们把他的手和臂膀紧紧按在十字架上。这枚钉完后，他用尽一切办法不让他们拉开他的另一条手臂。他们一人按着他的肩膀，另一人抓住上臂，可他依然使劲把手臂屈在胸前不放，他们不得不找人帮忙。接着，他们摁住他，钻入第二枚钉子，就这样，他的两条手臂张开，被钉在了木头上。

在他疼得尖叫之时，我努力想看清他的脸，可那张脸因痛苦而极度扭曲，又布满鲜血，所以我认不出是谁。我认出的是那个声音，他发出的声音是独一无二属于他的。我站着，环顾四周。有人在干别的事——在给马钉铁蹄，喂饲料，在玩游戏，在谩骂打趣，在烧火煮食物，升起的炊烟吹遍整个山冈。如今这似乎百思难解，我竟留在那儿，观看了这场景，我没有冲向他，或大声呼唤他。可我确实没有。我惊骇地观望，既没动，也没发出声响。什么都阻碍不了他们果决的意志。什么都阻碍不了他们有备而来，行动迅速。可尽管如此，那似乎仍然离奇，我们竟能眼睁睁地观望，我竟能做出决定，不让自己涉险。我们观望，因为我们没有选择。我没有大叫，或冲上去救他，因为那无济于事。我本会像某些随风吹来的东西一样，给撂在一旁。不过还奇怪的是，过了这么多年后似乎依旧不可思议的是，当时，我竟有本事克制自己，审时度势，一味观望，什么也不做，明白那样是对的。我们互相搀扶、后退。那是我们所做的。我们互相搀扶、后退，在他吼出我听不清的话之际。当时，我也许本该朝他走去，不管结果会如何。那本无关紧要，但至少，而今我不用翻来覆去地思考，想知道我怎么能没有朝他跑去，把他们拉开，大声喊话，我怎么能袖手旁观，一动不动，一声不吭。可我确实如此。

在可以发问时，我问我们的护卫，他要过多久会死，得到的回答是，鉴于钉子和他估摸的失血量，还有当时的骄阳，可能很快，但仍可能要等一天，除非他们来打断他的腿，那样的话会更快。我得知，有一个主事的人，他知道如何让时间加快或减慢，他是行家，那是他的工作，和别的熟悉庄稼与季节、熟悉何时收摘树上的果实、何时接生小孩的行家做的工作一样。我得知，他们可以确保没有血会再喷射出来，或甚至可以转过十字架，让它背朝太阳，他们可以用长矛刺他的肉身，这将意味着他不出几个小时，在日暮前就会死去，意味着他将在安息日前死去①，但要这么办，我得知，必须得到罗马人、得到彼拉多本人的批准。若找不到彼拉多，那么人群中总有人可以替代彼拉多而授予许可。我差点想问是否还有时间保住他的命，他是否可以获救活下来，但事实上，我知道为时已晚。我已见过那些钉子，在钉入他手腕和手之间的部位以前。

接着，我看见又在竖起另外几个十字架，上面用绳子绑着人，可那木头似乎太重，或十字架做得不好，每次，人们一让它们立着，那些十字架就会站不住，倒在

---

① 以免尸首在安息日留在十字架上。

地上。

我的眼睛不放过任何事,天空中一片滚滚掠过的云,一颗石头,一个站在我前面的男子,任何把我的注意力从附近传来的呻吟声中引开的东西。我问自己,我可不可以有办法假装这不是眼前正在发生的,这是过去发生在另外一人身上的事,或是未来将会发生的,我绝对无须亲身经历。由于一直在格外用心地观察,我可以分辨出,有一群人,几个罗马人,几位长老,站在一旁,他们配有马。从他们审视现场和彼此围成一圈的情形中,我意识到,他们是掌控全局的人,其余发生的许多事不在计划之内,是属于安息日前一日的一部分,可这几个人似乎不苟言笑,果断坚决,锦衣玉食,严肃郑重。突然,我在他们中间看见我的表亲马可,他也看见了我。在别人尚未来得及阻止我之前,我朝他跑去,我知道,我一定显得傻极了,显得那么无助、可怜、放肆。我猜想我伸出了手臂,我猜想我泪流满面,我猜想我理智尽丧。我记得马可以外的那些人里,有几个露出冷漠或微愠的神色,那反映在马可的脸上,接着,当他命我走开时,这种神色转成凶神恶煞。我知道我没有叫他的名字。我知道我没有说他是我的表亲。我在他的脸上看到恐惧,接着我看见那迅速褪去,换成坚毅果决,誓要把我从这些人的圈子里移除,没有别的人敢靠近他们。他朝某人点点头,就是那个人,那个后来在吊着的尸首近旁玩骰子的人，那个成为无时无刻不盯着我的人，那个似乎晓得我是谁，并据我所信接受了指令，等人一死、人群一散后就扣留我、逮捕我的人。后来，我明白了，他们全都认定我们会等到结束为止，以取走尸体，将之埋葬。那是罗马人对我们的一个认识；我们不会让尸体遭受风吹雨打。不管有什么危险，我们都会等待。

*

我的护卫，那个现今到这间屋子里来的人，和另一个我更不喜欢的人，他们想要我从简描述那几个小时里发生的事，他们想要知道我听见的话，想要了解我的悲痛，但仅限以"悲痛"或"伤心"这个词而出现。尽管他们其中一人目睹了我所目睹的事，可他也不愿将之记述为混乱、包含奇特的回忆，天空变得黑沉沉又重新转亮，或是其他叫嚷声盖过呻吟、哭喊、呜咽，甚至十字架上那个身影发出的无声的沉默。火堆里升起的烟雾越来越呛人，刺痛我们大家的眼睛，东南西北似乎都没有风吹来。他们不想知道其他的十字架里有一个频繁倾倒，必须用东西支住；他们也不想知道那个走过来拿兔子喂鸟的人，一只凶猛愤怒的鸟，关在一个过于狭小、让它无法完全展翅的笼中。

在那几个小时里，每一秒钟都有事发生。我初以为自己可以做点什么，转而意识到我什么也做不了。我初因某些冷漠至极的想法而分神，想到假如这不是发生在我身上，既然我不是那个被钉死在十字架上的人，那么，这就根本不可能是真实发生的事。想到襁褓中的他，是我身上那块肉时的他，他的心脏从我的心脏里长出来。又想到冲向别人怀中或向他们发问。或是盯着那些人，以防其中任何一个打出手势，示意应该让这更快完结。或是开始明白，马可诱我进城、给我地址的原因是为了可以在结束后或乃至事发的前一天将我扣留。

接着，在最后一个小时里，人群渐渐散去，那些人中有几个动身下山，没有时间惊诧、体认或思考，没有时间环伺或找到分散注意力的方法。在这最后一个小时里，吊在日头下、手脚被钉了钉子的痛楚似乎益发加剧，先是声嘶力竭地尖叫，然后是喘息。我们都等着，我们都知道死亡即将来临。我们都望着他的脸、他的身体，不确定他是否晓得我们在那儿陪他。直到临近终了，他似乎睁开眼睛，试图开口，可我们谁也听不清他的话。他使出全力，让每个人听见他的声音，想办法告诉我们他活着，而不可思议的是，纵然他饱受痛苦，纵然他的落败昭示在这大庭广众下，我一直拼命盼望那可以快点结束，但这一刻，我不希望那结束。

接近尾声时，我们的护卫，他的信徒，那个现在到这儿来的人，替我支付账单和料理事务的人，他告诉我，等他一死，我们必须立刻离开，会有其他人来负责他尸体的清洗和埋葬事宜；山后有条小路，假如我们做好准备，一个接一个往那儿走，那么他能保证我们可以安然逃离。可即使我们逃了出去，他说，亦有人会跟踪我们，或来搜寻我们，所以我们只能连夜借着月光和星光步行赶路，一到白天则躲起来，藏在可以藏身的地方。他说话时，我看着他，见到某些我现在依旧在他身上看见的东西——没有悲痛，没有伤心，没有大惊小怪，某种冰冷的镇定，仿佛生命是一项可以掌管的营生，我们在人世间的时光需要筹谋、规划和深谋远虑。

"他还没有死，"我对他说，"他还没有死。我要陪着他，到他死为止。"

顷刻间，我朝边上的人瞥去。我发现马可不见了，先前那个一直密切留意我的人也不见了。霎时，困惑的我回首身后，想看他们是否正要离去，或加入到了别的人堆里。这时我看见了他们，他们俩，他们和那个在迦拿婚礼上出现的人在一起，那个勒死人的杀手，他们正指着我和马利亚，还有我们的护卫，把我们从人群中挑出来。在一一指认我们时，那个勒死人的杀手冷静地注视颔首。日后，在过去了数年以后，我会对自己说，当时我作出那个决定是为了马利亚，我认识到是我把她带到这儿来的，此刻因为我，她将被勒死。我记得马可告诉过我，那人可以不发出一点声响、不留一丝痕迹地办到这件事。可其实，不是马利亚可能会被无声无息地勒死，不是杀手的大拇指使劲按在她脖子上、将其掐断时她身体扭动反抗的画面，促使我跑到我们的护卫面前，告诉他，我们现在必须走，照他说的方式走，悄悄地，一个接一个，然后快速行动，连夜赶到一个可能安全的地方。是我考虑到我自身的安全，是为了保全我自己。我遽然害怕起来，察觉到危险已向我逼近，那一刻，我比先前所有那几个小时都更害怕。

直到现在我才能承认这一点，直到现在我才能让自己把它说出口。数年来，我思忖自己在那儿停留了多久，当时承受了多少苦痛，以此安慰自己。但有一点我必须说明一次，有些话我不得不吐，纵使惊慌，纵使绝望、尖叫，纵使他的心脏他的肉身是从我的心脏我的肉身长出去的，纵使我感到痛，一种永远不曾消解的、将伴随我入土的痛，纵使这种种一切，但痛的是他，不是我。当出现了会被拖走扼死的可能时，我的第一反应是逃跑，那也是我最后仅剩的反应。在那几个小时里，我无能为力，可尽管如此，当我的悲伤一步步加深，当我两手紧握，抱住其他人，惊骇地观望时，我清楚自己接下来会做什么。照我们的护卫所说，在他死后，我会让其他人去清洗他的尸首，抱着他，埋葬他。若万不得已，我会撇下他，任他孤单地死去。那正是我实际所做的。我一表示同意，马利亚便首先溜走，我们望着她从我们眼角的余光中消失。我没有再去看十字架上的那个身影。

也许我已经看够了。也许我在可以的情况下保全自己是对的。可如今那给人的感觉不是这样，从来都不是。而此刻我要把它讲出来，因为必须有人把它讲一遍：我那么做是为了救自己。我那么做没别的原因。我望着我们的护卫开溜，我假装没注意到。我朝十字架走去，仿佛打算坐到那底下，两手紧握，等待他最后时刻的到来。接着，我悄悄绕到后面，假装在找东西或人，或是一个不易被人看见的解手的地方。然后，我跟随我们的护卫和马利亚的脚步，下到山的另一边，我走得很慢，慢慢地走远。

我曾梦见我在那儿。我曾梦见我怀抱着我遍体鳞伤的儿子，他满身鲜血，后来，待给他清洗完毕后，我又再度抱着他，那会儿，我重新拥有了他，我抚摸他的身体，把手放在他的脸上，他的苦难既已结束，他的脸也变得俊美瘦削起来。我抚摸他的手脚，那儿以前长有指甲。我拔去他头上的荆棘，洗去他发丝上的血。他们留我和他在一起，连同其他人，不仅有马利亚和我们的护卫，还有别的在临终前来陪伴他的人，他们冒着危险，表明自己对他的信仰。我们给留在那儿陪他。由于恐怖残暴的工作已告完成，一个人已在山冈上的天幕下张开手脚、被置于死地，从而让全天下都能知晓、目见和铭记，那些把他置于死地的人再无理由逗留。他们正在某处吃喝，或等着领钱。于是，热闹的山冈，不久前还弥漫着烟雾，充斥着叫嚷和残忍，满眼是冷酷的面孔，此时却变成一处让人垂泪的幽谧之所。我们抱着他，抚摸他，他既沉又毫无重量，他体内的血淌完了，他的身体像大理石或象牙一般润泽苍白。他的身体正逐渐僵硬，失去生气，可另有部分的他，那最后几个小时里他给予我们的东西，从他的受难中诞生的某些东西，盘桓在我们四周的空气里，像某些甜美之物，抚慰我们。

这是我曾梦见的。有时候，我让梦境延续至白天，与我相伴，我曾坐在那张椅子上，感觉自己正抱着他，他的身体清涤了所有苦痛，我也清涤了我感受到的痛，那是他的痛、我们共同承受的痛的一部分。这一切不难想象。无法想象的是实际发生的事。而今，在我入土前夕，我必须面对的是实际发生的事，否则，发生的一切将变成动听的故事，那会长出有毒的果实，就像树上低垂的艳丽的浆果一样。我不知道我应该在夜晚对自己讲出真相这一点为什么事关重大，为什么至少应该在人世间把真相讲一遍该是要紧之事。这个世界是一个沉默之所，夜晚的天空，在鸟儿离去后，是一方广袤静谧的空间。没有言语会让夜空起丝毫变化。那不会使它变得明亮，或减少几分怪异。白昼亦然，对任何口述之事有属于它自己的根深蒂固的漠然。

我道出真相，不是因为那会把黑夜变成白天，或使白天变得永无止境，不断给予我们美与慰藉，我们，这些老去的人。我开口，只是因为我能够开口，因为发生的已够多，因为机会可能不会再来。也许过不了多久，我将再度梦见那天我等在山冈上，怀抱着赤裸的他，也许过不了多久，那个梦，那个此刻如此贴近我、如此真实的梦，会散布到空气里，会倒退到时光中，从而变成发生过的事，或想必发生过的，发生过的事，我知道发生过的事，我眼见发生过的事。

发生的事是这样。他们一边一个扶着我，一路奔跑，我逐渐认清，我们的护卫什么计划都没有。对于他打算去哪里，他与我们一样知之甚微。我们不能返回城中。他有一点钱，可我们没有吃的。我猛然想到，他催促我们前行，这样他自己就可以逃生，保护我的宏伟计划是后来才有的，在那几个小时里并不占主导地位。我的来客，他们用现今的工作方式，试图建立联系，编织出一幅图画，给事情注入意义。他们请求我的帮助，我会像先前帮过他们一样帮他们，但不是现在。现在，我清楚当时的状况是多么无序不明。那途中发生的事，有些，我现在甚至不愿想起。我清楚那些日子里我们不是好人，因为我们穷途末路。我们抢衣服，因为我们需要衣服，我抢鞋子，因为我需要鞋子。我们没有抢钱，没有杀人。我相信我们没有杀人，可有我没看见的事。我们竭尽所能地赶路，有时没有吃的，有时我们确信有人在跟踪我们，或已注意到我们。碰见凡是需要向其说明情况的人，我们告诉对方这是我的女儿和她丈夫。我们两手空空，没有载我们的毛驴，因为我的儿子已带着全部行李，去了前面的车队。这些谎言无关紧要，也许连我们在途中干的其他帮我们脱险的事也无关紧要，可我不能确定。

难以理解的在于，要紧的是我们的梦。在那座山冈上发生的事过后，至少在最初那些日子里，我们行进的步伐夜晚大于白天，同理，过去我们睡着时出现的画面，而今比当时更为紧迫地盘踞在我心中。我们恐吓过一户脆弱无辜、孤零零坐落在乡间的人家，我们抢过食物、衣服、鞋子和三头几个小时后又放走的毛驴。我们的护卫把一名男子和他的妻儿绑起来，威胁他们，不让他们跟踪我们。说来奇怪，这些事现在似乎都无关紧要。那是我们眼睛看到的。那鞋子和衣服穿在我的身上，我们靠他们的毛驴加快行进速度。那一切都是发生过的。

可发生过的还有我们做的那个梦；马利亚和我合做了一个梦。我不知道怎么能合做一个梦。在婚后的岁月里，我和丈夫虽然同床共枕，一晚上时常互有触碰，可我们做的梦是分开的。梦仅属于我们每个人自己，正如痛一样。当下，在那些绝望的日子里，我们时而饥肠辘辘，喘不过气，恐惧万分，马利亚和我认识到我们的护卫并无计划，他正带我们向河川或大海行去，他依靠的是运气，也认识到一天天过去，要是找不到船或庇护所，我们不被逮住的希望会越来越渺茫。马利亚和我一直亲密无间。我们互相搀扶着走路；相拥而眠，以求温暖和保护。我们俩都明白，若给逮住，我们会遭杀害、被石头砸死，或给勒毙，任由尸体腐烂。我们鲜少同我们的护卫讲话，几乎无法掩饰对他的鄙夷，在经过这一切后，当下我们害怕被逮住的恐惧之巨，对一个无能之徒把我们诱到荒郊野外深感愤怒，由于食物匮乏和体力耗尽，他周身各种炫耀浮夸的派头逐渐褪去。

我们俩都梦见我的儿子死而复生。我们俩都梦见我们在睡觉，有一口用木头和石块搭建的井，这口井挖得很深，产出的水比其他水井的更加甘甜、凉爽、清澈，所以打水的人很多。当时只有我们在那儿。清晨时分，太阳刚升起，但还未有人到井边来。我们俩倚在石头上睡觉，面前没有路，这是奇怪的一点，远处有几棵橄榄树，可近处一棵也没有，没有声响，没有鸟啭，也没有山羊的咩咩叫，什么都没有。我们俩在睡觉，身上仍穿着袍子，沐在曙光下。附近四处皆不见我们护卫的踪影，连日来的恐惧和慌乱失措的行动荡然无存。突然，我们俩被水从地下汩汩冒出的声音吵醒，仿佛有个隐形的人来打水，水好像不由自主地上涨，继而满溢出来。我确信水满了出来，确信当时我已因此而完全清醒，水打湿了我的袍子。不过我仍没有站起身；相反，我把手伸进水里，想弄清那是不是真的水，是真的。可马利亚为了躲水，站了起来，她看见某些东西，倒抽了一口气。我望着她，可起先我没看见她见到的东西，我因那水而惊呆了，此时它似乎从井中急涌而出，喷出巨大的水柱，溢到外面，涓涓流向树木，逐渐汇成一条小溪。

接着我转身，我看见了他。他重新回到我们身边，他随着水而上升，水的力量正把他从地里托起来。他全身赤裸，受过伤的地方，包括他的手脚、他骨头折断的腿、他戴过荆棘的前额，周围皆有淤青，伤口暴露开裂。他身体的其余部分洁白无瑕。当水把他从井里载出来时，马利亚抱起他，将他放在我的腿上。我们一同抚摸他。我们都注意到那份洁白，那是一种难以描述的白。我们俩议论它的纯净和光洁明亮的美。

在我们的梦里，在我们醒来前的时分，他睁开眼睛，他挪动手，继而手臂，几乎发出呻吟，但无论动作还是声音，都轻柔徐缓。他似乎既无痛苦，对经历过的事也毫无记忆。可那些伤痕清楚地印在他身上。我们没有同他讲话。我们只是抱着他，他好像是活的。

接着，他静止不动，或是死了，或我醒了，或我们都醒了。没有别的情况。由于我们按捺不住，说的话全被我们的护卫听见了。那时他起了某些转变，他展开笑颜，说他一直就知道这会发生，这是预言的一部分。他让我们细细道来，我们反复讲了很多遍，他似乎已将那熟记于心。他说我们安全了，会有别的事发生，那会指引我们去往我们须要去的地方，不管是哪里。当时我们感到身体轻飘飘的，一种因饥饿或许还有恐惧而引起的轻飘感。不管那是什么，那给了我们自由。

我知道，马利亚也知道，我们在漫无目的地行进，某些时候我意识到假如马利亚与我们分别，启程返家，我们会更安全。后来，在找到一间可供我们栖身的屋子后，我们能够更加冷静地讨论这件事。我们俩都清楚我决不可以回家，决不可以在任何会有人认识我的地方出现。但她可以，而且我知道她想回家。而后平静的日子结束了。结束的原因是由于食物、由于休息、由于我们护卫的转变，那赋予了他一种光彩。这种光彩意味着先有一两个人，完全陌生的人，继而是其他知道他曾是追随者的人，主动出手帮助他。经由他们，他可以派人求援；然后他可以告诉我们，我们即将脱离危险，会有船来接我们，送我们去以弗所，那儿备好了一间屋子，我们可以住在里面，时刻受到保护。他不明白，他许下的保证，他给予我们的安慰，似乎都无济于当时产生的悲痛，无济于对我们已干下之事的震惊和羞愧。我们让别人去埋葬我的儿子，或也许他根本未被安葬。我们逃到一处地方，在那儿，我们梦里发生的事比我们在有意识、警觉、头脑清醒时的人生更有血有肉，更有理有据。在一段日子里，那似乎恰当合宜，或许我们俩都期望未来也会裹覆在梦里；接着那破灭了，所有一切都瓦解了，我知道马利亚想走,她不想再和我在一起。我知道会发生什么,果然发生了:一日早晨,我醒来时,只见她不在另一张床上。既然她要走,我们的护卫为她做了安排。在那样的时光,无须道别,或说,道不道别都一样。我不介意她以这种方式离去。可如今,只剩我与他,我将必须想出对付他的办法。我还需要把泾渭区分开。自那时起,我要让梦复归原位,让那属于黑夜。我要让实际发生的事、我看见的事、我做过的事,属于白天。我希望有生之年的我能充分识别这两者的差异,直到死为止。我希望我已经做到了。

*

现在是白天,进到这个房间里来的东西叫作光。有件奇怪的事,当我们登上那艘载我来到这儿的船,在风暴中、在平静的海面上航行时,我萌生了一种对灾难的渴求,在我们登船之际,我巴不得——仿佛是为了我内心的平静——我们的护卫或其中一位帮手掉落水中,高声呼救,消失又浮起,待后来发现时已漂走溺毙。我想要回灾难,不管是什么灾难。我不是把那看作灾难本身,而是看作映象,或仅是提示。当我看见一名男子时,我见到的是一场横死,我觉得现在我会愿意目睹它,就如一头向来生活在野外的动物,当一只温柔的手捧着食物伸来,假定那头动物是家畜时,它知道该期许什么或该做什么一样。我因我所看见的事而野化了,至今未有什么让那改变。我因我在光天化日下看到的事而错乱失常,没有黑暗会将那缓解或减轻其对我的影响。

我不经常离开这间屋子。我谨慎戒备;如今白昼缩短,夜晚寒冷,当我望着窗外时,我已开始留意到某些教我吃惊和入神的东西。阳光里饱含一种浓郁。在变得稀缺时,在知道自己把那金色铺洒到我们身处之所的时间业已减少时,阳光仿佛释放出某些更炽烈的东西,某些闪烁而晶莹剔透的东西。后来,当它开始隐去时,似乎在每样事物上留下倾斜的阴影。在那个小时里,在光线晦暗不明的那个小时里,我放心地悄悄走到屋外,呼吸浓稠的空气,色彩淡去,天空似乎正把五颜六色吸纳进去,召唤它们回家,直到渐渐地,放眼望去,没有一样东西凸显出来。那正合我意,使我觉得自己几乎是个隐形人。我朝神殿走去,在那儿待上几分钟,站在一根石柱近旁,注视阴影加深,万物都做好了迎接黑夜的准备。

我的行动像只猫,我立定,徐徐向前挪步,然后又立定。即使觉得自己不可能像在中午或早晨那样,会那么轻易被人看见或发现,但我始终保持警惕,像那些瘦小的野猫一样警惕,一有丁点危险的迹象就准备拔腿逃走。

有一天,我意识到我在神殿停留了太久,走到外面的空地上时，夜幕正在降临。我明白我得赶在天黑以前迅速回家，到时，夜变成纯粹的黑夜，隐约一轮新月，发出的光将微弱得无法给我指引方向。我因此不能像往常一样走羊肠小道，而选择了更直径的路线，我竭尽全力，爬上距离短而陡峭的斜坡，那样我可以更及早到家。

于是，在渐暗的光线下，在这个我前来结束残生的地方，我路过一堆以前没见过的石头。薄薄的石片，好像牙齿，从地里突耸出来，仿佛长在那儿似的。当因走得太快而髋部作痛时，我随意靠在其中一块上。后来，草木丛里的某些东西，某种动物的声响，令我转过身，我被眼前所见吓了一大跳，差点落跑。那块石头上刻着两个人，几乎和我一样高，倾斜的夕阳照在两人身上，与石头的白相映成辉，令其闪闪发光。其中一个是年轻人，几乎全身赤裸。他脸上的表情平和、纯真。当光线似乎增强时，我感觉他可以轻易步出雕像，朝我走来。虽然初始一阵惊恐，但此时我并不怕他。他旁边站着一个比他年老的男子，留着胡须，一手捂着脸，显然，他在哭泣，他也失去了至亲。他陷入悲伤；发生了某些那个年轻人似乎浑然不觉的事。也许死去的人就是这样，他们毫无知觉，他们不思念这个世界，也不知道这儿发生的事。我站着，凝望那两个男子，想象年轻的那个是死去的，他的父亲活着，心中盛满了我们这些依旧在世的人的哀痛。就在这时，我发现在那个年轻人的脚下，蜷伏着的，是一个在哭喊的小孩，因伤心而团拢身子，似乎比站着的那个人更伤心欲绝。然后，随着太阳的光线越来越低，我在余晖中看见周围全是雕刻过的石头，有人像，甚至动物，还有一些文字。从远处看，它们似乎杂乱无章，像刚被丢弃在那儿的东西，可此刻，显而易见，把它们放置在这儿是有目的的，那些雕像必定富有含义，当我疾步离它们而去时，我明白它们象征了死亡。

*

在死神喃喃念着我的名字而来，召唤我走入黑暗、哄我安息前的这些日子里，有时，我知道自己想向这个世界索取更多东西。不是很多，但再多一点。事情很简单。假如水可以变成酒，死的人可以复生，那么我想让时间倒退。我想重历一遍死亡降临在我儿子身上前的时光，或是在他离家以前，当他是个婴儿，他的父亲在世，世间享有安逸自在的时候。我想要那样一个美好的安息日，没有风的日子，人们口中念着祷词，我加入妇人的行列，吟诵那些词句，祈求上帝为弱者和孤儿伸张正义，维护地位低下和一贫如洗的人的权利，解救艰难困苦的人，让他们脱离邪恶之士的手掌。当我向上帝道出这些话时，要紧的是，我的丈夫和儿子就在近旁。未几，我独自走回家，坐在暗处，双手交握，我会听见他们归来的脚步声，我会期待见到我的儿子在父亲为他开门之际露出羞涩的微笑，接着，我们会静坐不语，等太阳隐没，那时，我们可以重新开口讲话，一起吃饭，从容地准备迎接宁和的夜晚。在经过那个白天后，我们重获了新生。我们对彼此的爱，对上帝和人世的爱，有了深化和拓展。

如今这结束了。那个男孩长大成人，离开家，成了一个吊在十字架上奄奄一息的身影。我想让自己能够想象发生在他身上的事不会来临，有一双眼睛会看见我们，然后决定——不是现在，不是他们。我们将过着不受打扰的生活，慢慢老去。

*

他们将会回来，照顾我的人，看守我的人。他们无论如何会将我置于监视之下。几天后，他们将会知道，我在黎明时像这样醒来，站在这间屋里。有人会隔着窗户看见一个黑影，看见某些东西，或听见响声。我在这儿不是孤身一人。他们也许出钱雇了法里娜来监视我，报告我的行踪，或若她不肯，则拿某些东西威胁她就范。或也可能是某个别的与我擦肩而过、没有讲过话的人。那不重要。

每次，我们都从头开始一遍，每次，他们都因一个细节而兴奋，转而又因某些后来紧接着出现的事而恼怒，可能是另一个细节，是拒绝添加他们要我添加的东西，或是我表达的一点看法，针对他们的语气或他们想从并不简单的事中提炼出简单道理的努力。

可也许事情是很简单。也许等我死后——我很快就会死——这些事会益发简单。那会变成，我看见的和我感受的事，仿佛并未发生过，或虽然发生过，却就像无风的日子里，鸟儿在高空微微拍了一下翅膀一样。他们告诉我，他们想要让发生过的事永垂千古。他们说，正在记下的东西将改变这个世界。

"这个世界？"我问，"这整个世界吗？"

"是的，"曾当过我的向导的那个人说，"这整个世界。"

我看上去必定一脸茫然。

"她不懂。"他对他的同伴说，的确，我不懂。

"他真的是上帝的儿子。"他说。

接着，他耐着性子，在另一人的点头和鼓励下，向我讲解起在我怀上我的儿子时所发生的事。我几乎没在听。我有别的事要做。我知道发生了什么。我知道在我怀着孩子的头几个月里，我独有的喜悦让人感觉奇怪而特别，我过着一种不一样的生活，我时常站在窗口，望着屋外的光，感到我体内的新生命，另一颗心脏的跳动，让我有一种超出我以前任何想象的满足感。后来，我得知这表示我们完全做好了生育抚养的准备，那源自身体本身，然后进入心灵，那似乎非同寻常。于是，在他们讲话时，我面带微笑，他们似乎知道某些事，是关于那时候出现的光和恩典的真相，我一度喜欢上如此热切自信的他们。

我是在他们讲到最后一部分时，从椅子上站了起来，离他们而去，因为他们的话冒犯了我。

"他死，是为了救赎这个世界，"另一人说，"他的死把人类从黑暗中、从罪孽中解放了出来。他的父亲派他来到世间，让他能在十字架上受难。"

"他的父亲？"我问，"他的父亲——？"

"他的受难是必不可少的，"他打断道，"那样，人类才能获救。"

"获救？"我一边问，一边提高声音，"谁获救了？"

"先于他而来的人，活在今天的人，和尚未出世的人。"他说。

"获救而免于一死吗？"我问。

"获救而得到永生，"他说，"世间的每一个人都将体验永生。"

"啊，永生！"我回道，"啊，世间的每一个人！"

我望着他们俩，他们垂眉敛目，脸上现出某些阴沉的神色。

"这一切，就是为了这个吗？"

他们互相对觑了一眼，我头一次感受到他们的野心之庞大，信念之天真。

"还有谁知道这件事？"

"会公诸天下的。"其中一人说。

"通过你们写的东西吗?"我问。

"通过我们写的东西和他的其他信徒写的东西。"

"你是指,"我问,"那些追随他的人吗?"

"是。"

"他们还活着?"

"是的。"

"他们在他死的时候躲了起来,"我说,"他们在他死的时候躲了起来。"

"当他复活时,他们在场。"其中一人说。

"他们见过他的坟墓,"我说,"我从未见过他的坟墓,我根本没清洗过他的尸体。"

"你在场,"我的向导说,"从十字架上解下来后,你抱着他的尸体。"

他的同伴颔首。

"我们在你的注视下,给他全身涂满香料,用麻布缠裹他的身体,把他埋葬在一口石棺里,在他被钉十字架的地点附近。但当他在死后三天来到我们中间,同我们说话时,你没有和我们在一起,你在一个有人保护你的地方,而后他升了天,去和他的父亲团聚。"

"他的父亲。"我说。

"他是上帝的儿子,"那人说,"他是他父亲派来救赎这个世界的。"

"他用他的死给了我们生，"另一人说，"他用他的死救赎了这个世界。"

这时我转向他们，对他们的盛怒、悲痛、恐惧，不管我脸上的表情里有什么，他们俩都抬头警惕地看着我，其中一人开始朝我走来，企图阻止我说出此刻我想要说的话。我一步步向后退去，站在角落里。我先低语了一遍，接着又提高声音讲了一遍，在他离我而去，几乎畏缩到角落里时，我又低语了一遍，缓慢，仔细，在话里注入我的全部气息，我的全部生命，我体内仅剩的那一点。

"我在那儿，"我说，"我在结束前逃走了，可假如你们想要证人，那么我是一个，现在我可以告诉你们，当你们说他救赎了这个世界时，我会说，那不值得。那不值得。"

当晚，他们搭乘一辆正要前往岛屿去的大篷车启程离开，他们的语气和态度里和我有了一种新的距离，近似恐惧，但可能更近似于纯粹的恼怒和嫌恶。不过他们给我留了钱和食粮，他们留给我一个感觉，我依旧在他们的保护下。要对他们执礼相待并不难。他们不是傻瓜。我佩服他们的审慎行事，他们计划的严密，他们的热诚投入，有别于那群不修面的粗野之徒和焦躁之徒，无法与女人对视的男子，在我的丈夫死后到我家来、与我的儿子坐在一起、彻夜胡说八道的人。他们会壮大兴盛，取得胜利，而我将死去。

如今我不上犹太会堂了。那一切都已成为过去。我会惹人注目；我的怪异会显明昭著。但我跟法里娜去别的神殿，有时我一个人去，在早晨醒来后，或向晚，当阴影蒙上这个世界、预示黑夜的到来时。我悄悄潜行。我对她轻言细语，伟大的女神阿尔忒弥斯，她慷慨地张开双臂，她的众多乳房等着哺育那些朝她走去的人。我告诉她，如今我多么渴望能在干燥的大地里长眠，闭上眼睛，在这附近一处有树的地方平静地化为尘土。与此同时，当我在夜里醒来时，我想要的更多。我想让发生了的事没有发生过，想扭转其进程。要让那不会发生，本是多么容易啊！要让我们可以幸免于难，本是多么容易啊！无需花太多力气。如今，这一可能的念头进入我的身体，宛如一种新获的自由。那驱散了黑暗，挤走了悲伤。那好像一位旅人，在干旱的沙漠、一片没有荫凉的地方行走了数日后疲惫不堪，即将来到一座小山顶，看见底下的城市，一颗镶嵌在祖母绿里的猫眼石，富饶繁荣，一座到处有水井和树木的城市，集市上摆满游鱼、飞禽和大地的果实，一个香气馥郁的地方，弥漫着炊烟和香料的味道。

我循着一条坡度徐缓的小径，开始朝山下那地方走去。我正在被带入这个住着灵魂的奇特之所，经过一座座雄峻狭窄的桥，横亘于汩汩流淌、冒着蒸汽的水面，水像渐渐失去红光的熔岩，底下，岛上的草儿长得生机勃勃。没有人的引领。四周寂寥无声，只有舒缓、衰减的光。世界松弛了下来，好像一个准备上床的女子，把头发披散开来一样。我轻声道出那些话，知道要紧的是言语，我微笑着把那些话讲给此地神的影子听，他们徘徊在空中，注视我，倾听我。

Colm Tóibín
The Testament of Mary
Copyright © Colm Tóibín, 2012
Simplified Chinese edition Copyright © 2021 Archipel Press
This edition arranged with ROGERS, COLERIDGE & WHITE LTD(RCW)
through Big Apple Agency, Inc., Labuan, Malaysia.
All rights reserved.

图字:09-2020-585 号

图书在版编目(CIP)数据

马利亚的自白/(爱尔兰)科尔姆·托宾(Colm Toibin)著;张芸译.—上海:上海译文出版社,2021.6(2025.7重印)
书名原文:The Testament of Mary
ISBN 978-7-5327-8565-0

Ⅰ.①马… Ⅱ.①科… ②张… Ⅲ.①中篇小说-爱尔兰-现代 Ⅳ.①I562.45

中国版本图书馆 CIP 数据核字(2021)第 047570 号

马利亚的自白
[爱尔兰]科尔姆·托宾 著 张芸 译
特约策划/彭伦 责任编辑/徐珏 封面设计/一亩幻想

上海译文出版社有限公司出版、发行
网址:www.yiwen.com.cn
200001 上海福建中路 193 号
上海新华印刷有限公司印刷

开本 850×1168 1/32 印张 3 插页 2 字数 43,000
2021 年 5 月第 1 版 2025 年 7 月第 2 次印刷
印数:5,001—6,000 册

ISBN 978-7-5327-8565-0
定价:42.00 元

本书中文简体字专有出版权归本社独家所有,非经本社同意不得转载、摘编或复制
如有质量问题,请与承印厂质量科联系。T:021-56324200